*Sämtliche Werke in drei Bänden*

Herausgegeben von Michael Matzigkeit und Bruno Kehrein

Dritter Band

DER ÄSTHET UND ANDERE TRAGIKOMÖDIEN

ECON UNTERHALTUNG

Im ECON Taschenbuch Verlag sind folgende Titel von Hermann Harry Schmitz lieferbar:

*Reisen und andere Katastrophen* (TB 27243)
*Die Bluse und andere Grotesken* (TB 27242)

*Zum Buch:*

»Der Ästhet. Eine immerhin recht merkwürdige Geschichte«, »Titti, das Schneelämmchen auf der Pfarrwiese« – harmlos anmutende Überschriften von Kapiteln, die es in sich haben: Mit spitzer Feder schreibt der Satiriker Hermann Harry Schmitz über den täglichen Wahnsinn deutscher Klein- und Spießbürger, wobei er seine exzellente Beobachtungsgabe mal mit beißendem Spott, mal mit hintergründigem Humor zu garnieren weiß.

*Der Autor:*

Hermann Harry Schmitz wurde 1880 in Düsseldorf geboren. Der Fabrikantensohn entsagte der vom Vater vorgezeichneten Karriere und avancierte schon bald zum gefeierten Salon- und Szenekünstler. Seine Geschichten erschienen im *Düsseldorfer Generalanzeiger* und im *Simplizissimus*.
Stets von Krankheiten geplagt, setzte der »elegante Außenseiter« und Dandyschriftsteller 1913 seinem Leben ein viel zu frühes Ende.

*Die Herausgeber:*

Bruno Kehrein, geboren 1951, lebt als Verleger in Düsseldorf. Michael Matzigkeit, geboren 1955, Dr. phil., Studium der Germanistik, Philosophie, Geschichte und Pädagogik an der Heinrich-Heine-Universität, Düsseldorf. 1983 Ausstellung zu Leben und Werk von Hermann Harry Schmitz im Stadtmuseum Düsseldorf. Langjähriger wissenschaftlicher Mitarbeiter im Theatermuseum der Landeshauptstadt Düsseldorf/Dumont-Lindemann-Archiv.

HERMANN HARRY SCHMITZ

# *Der Ästhet und andere Tragikomödien*

Herausgegeben von Michael Matzigkeit
und Bruno Kehrein

ECON Taschenbuch Verlag

Veröffentlicht im ECON Taschenbuch Verlag
Originalausgabe

Umschlaggestaltung: Theodor Bayer-Eynck, Coesfeld
Druck und Bindearbeiten: Ebner Ulm
Printed in Germany
ISBN 3-612-27241-1

Inhalt

## FRÜHE PROSA



## GROTESKE DRAMEN



## KRISTALLSPLITTER

## ESSAYS UND KRITIKEN



## GEDICHTE



## ANHANG

# FRÜHE PROSA

## *Der Fremde*

Es war im vergangenen Herbst.

Wir saßen in der Dämmerung unter den mächtigen Kastanien vor dem Gasthause »Mohren« in Mittelzell auf der Insel Reichenau: der Münchener Student, der Privatdozent aus Basel und ich.

Ein seltsam warmer Oktobertag ging zur Neige.

Etwas Drückendes, Schweres lag in der Luft, etwas Lauerndes.

»Der Föhn kommt zur Nacht«, hatten die Fischer unten am See gesagt.

Im Dorf war es ganz still. Ab und zu raschelte ein dürres Blatt durch das Astwerk der Kastanien. –

Unsere Unterhaltung war verstummt: Ein jeder hing schweigend seinen Gedanken nach. Eine sonderbare Beklemmung lag auf uns, das Gefühl einer unerklärlichen Angst.

Seltsam – wie gleichzeitig diese merkwürdige, drükkende Stimmung von uns drei Besitz genommen hatte.

Ein eigenartiges, zwingendes Gefühl der Zusammengehörigkeit war plötzlich über uns gekommen, über uns drei Menschen, die wir uns zufällig hier am Bodensee kennengelernt hatten und erst nur wenige Tage zusammen waren. Ein geheimnisvolles gegenseitiges Verstehen, ein feinstes Empfinden der Seelenregungen der Anderen.

Von einer unsichtbaren Macht getrieben, gehetzt glitten unsere Gedanken zusammen, kauerten sich erschauernd aneinander, duckten sich in der Erwartung einer kommenden entsetzlichen Gefahr.

Die Natur um uns schien angstvoll auf irgend etwas zu warten; wie abwehrend streckten die Bäume ihr Geäst von sich.

Ganz still war es, schauerlich still.

Wir starrten wie gebannt in den sterbenden Tag. Wie ein grauer, namenlos trauriger Schleier legte sich die Dämmerung auf die Erde, als ob sie sie schützen, verbergen wollte vor etwas nahendem Furchtbaren. –

Plötzlich stand er vor uns.

Wir schreckten zusammen.

Eine hohe schmale Gestalt, in einen schwarzen Mantel gehüllt, war hinter einem Kastanienbaum in unserer Nähe hervorgetreten. Sie mußte schon die ganze Zeit über dort gestanden haben, man hätte sonst Schritte hören müssen.

Aus dem ungewissen Nebel der Dämmerung tauchte unter einem schwarzen, weichen Filzhut ein bleiches, von einem schwarzen, spitzzulaufenden Bart umrahmtes Gesicht auf. Etwas Entsetzliches lag in diesen Zügen, das uns lähmte.

Einen Augenblick machte der unheimliche Fremde vor uns halt und ging dann mit müden Schritten auf das Haus zu, in welchem er verschwand.

Starr hingen unsere Augen an der Tür, die sich hinter ihm lautlos geschlossen hatte. Niemand von uns wagte, das grauenhafte Schweigen zu brechen.

Ein plötzlicher Windstoß fegte durch die Wipfel der Kastanien und störte einen Schwarm dürrer Blätter auf, die wie kranke, totwunde Vögel hilflos zu Boden flatterten.

Ein warmer, müder Hauch traf unsere Wangen.

Ein dumpfes Stöhnen in der Luft, ein Stöhnen, Ächzen, wie wenn zwei furchtbare Mächte miteinander rängen. –

Schweigend erhoben wir uns und gingen verstört ins Haus.

Man trat von außen her sofort in die Gaststube.

In dem hellerleuchteten Raum saß der bleiche Maler aus Düsseldorf, der heute mittag angekommen war, und scherzte mit den beiden kleinen Mädchen des Wirtes. Außerdem war nur noch der Mohrenwirt im Zimmer.

»Es war der Maler, der eben ins Haus getreten war und uns erschreckt hatte, ohne Zweifel.« Hier drinnen schämten wir uns fast unserer Angst.

»Und doch, der Maler war es nicht. Der gleiche spitze Bart – das schmale, bleiche Gesicht – eine gewisse Ähnlichkeit mit der unheimlichen Erscheinung war wohl vorhanden – aber trotzdem, er war es nicht.«

»Wer ist soeben hereingekommen?« fragten wir den Wirt.

»Niemand, ich habe seit einer Stunde das Zimmer nicht verlassen«, antwortete dieser.

Der Maler schaute auf und sagte: »Niemand kam herein, niemand.«

»Waren Sie nicht soeben draußen?«

»Ich? – Nein. Es war noch heller Tag, als ich heimkam. Mit den beiden Kleinen hier trat ich gleichzeitig ins Haus.«

»Es ist jemand vor einigen Minuten ins Haus getreten, durch diese Tür da, bestimmt«, beharrten wir.

»Sie müssen sich irren; es ist vollständig ausgeschlossen. Wir sind doch die ganze Zeit über hier gewesen«, erklärte der Wirt. Seltsam.

»Der Föhn macht unruhig«, sagte der Maler.

Wir alle drei konnten uns doch nicht derart geirrt haben; kopfschüttelnd, beklommen setzten wir uns zu dem Maler an den Tisch. Die Kinder kamen zu uns und zeigten uns eine seltsame Münze mit fremden Schriftzeichen. Der Maler hatte sie ihnen geschenkt.

Wir drei saßen still und in uns gekehrt. Das Erlebnis beschäftigte uns noch immer. Wie ein Alp lag es auf uns.

Der Maler erzählte von seinen Reisen, seinen Erlebnissen; lustig wußte er zu plaudern. Mit den Kindern spielte und lachte er dann wieder. Wir hörten kaum zu. Immer noch hatten wir das bleiche Gesicht vor Augen.

Ohne daß wir davon sprachen, wußte jeder von uns dreien, was der andere dachte, was in ihm vorging. Wie ein Wesen fühlten wir: drei fremde Menschen, die der Zufall zusammengebracht.

Plötzlich schlug der Student auf den Tisch: »Wein, Traminer! Mohrenwirt!«

Im Alkohol versuchten wir zu vergessen. Wir stürzten den feurigen Wein in großen Zügen hinunter. Der Mohrenwirt schüttelte den Kopf; eine Flasche nach der anderen mußte er herbeischaffen. – Wir sprachen laut – wir schrien. Der Privatdozent begann zu singen, ein wildes italienisches Lied von Liebe und Wein. Plötzlich brach er jäh ab und starrte den Maler an. Dann sank er in sich zusammen und schaute vor sich hin.

Wieder kroch der Alp in unsere Sinne, wieder sahen wir das bleiche Gesicht vor uns auftauchen. Wir schwiegen und wagten nicht aufzuschauen, uns anzuschauen.

Der Maler lachte: »Ja, ja, der Traminer. Mit dem ist nicht zu spaßen!«

Stoßweise zauste der Föhn draußen die Kastanien; prasselnd schlugen die letzten Früchte zu Boden.

Wir horchten angstvoll hinaus. Was war das nur mit uns? – Der lustige Maler vom Rhein, der so fröhlich plauderte und mit den Kindern scherzte, was hatte der mit unserer Vision zu tun? – Wir tranken und vergaßen dennoch nicht.

Der Maler unterhielt sich mit dem Mohrenwirt über geschnitzte Truhen, altes Zinn, köstliches Porzellan, welches er in einem alten Hause unten am See gefunden, über die Reliquienschreine, die romanischen Ziborien, die Brokatgewänder aus dem Münsterschatz – wie von ferne drangen seine Worte an unser Ohr. Dann sprach er von einem Steinkreuz mit einem Heiland aus Bronze, und es kam uns so vor, als ob er seine Stimme erhoben hätte. Seine Worte störten uns auf. Gespannt, wie im Banne einer unbekannten Macht hörten wir zu, mußten wir zuhören.

»Ich habe heute nachmittag hier auf dem Kirchhof herumgestöbert«, erzählte der Maler, »auf einem alten verwachsenen, vergessenen Grab fand ich ein Steinkreuz mit einem Bronzeheiland, eine herrliche, spätgotische Arbeit. Eine Bronze, wie ich sie nie gesehen. Ich war verliebt in diese Bronze, hypnotisiert vom ersten Augenblick. Ich muß sie besitzen, war mein erster Gedanke. Ich prüfte die Befestigung. Die Figur war fest mit dem Stein verbunden, auf eine eigentümliche, unsichtbare Art, scheinbar ohne Schrauben und Klammern. Ich suchte den Totengräber auf. Gegen Trinkgeld war er bereit, mir die Figur vom Kreuze herunterzunehmen. Längst verstorben, vergessen sei das Geschlecht, das unter diesem Kreuz seine letzte Ruhe gefunden. Der Name selbst sei vergessen, erzählte der Alte.

Mit Zange, Hammer und Meißel versuchte er die Bronze von dem Steinkreuz zu lösen. Vergebliches Bemühen. Der Stein gab den Heiland nicht frei. Eine unsichtbare Macht hielt die Figur auf dem Stein.

»Ich zerschlage das Kreuz«, sagte ungeduldig der Totengräber und holte eine Spitzhacke. Wie an Stahl prallten seine erbitterten Schläge an dem Stein ab.

Keuchend und schwitzend warf er endlich die Hacke hin.

»Es geht nicht, wie Sie sehen. – Die Toten dulden es nicht«, fügte er murmelnd hinzu, bekreuzigte sich und verließ dann in eigentümlich hastiger Weise mit einem scheuen Blick auf das Kruzifix den Friedhof. Ich mußte über den Alten lachen. Merkwürdig ist die Sache ja immerhin; ich hätte gern die Bronze gehabt.

»Vor Jahren hat man schon versucht, das Kreuz zu versetzen, da das alte Grab zu neuen Gräbern benutzt werden sollte; aber alle Anstrengungen, es zu bewegen, waren vergeblich«, sagte der Wirt, als der Maler geendet.

Starr hatten wir drei dem Maler zugehört; wir hatten das Gefühl, als ob diese Begebenheit im Zusammenhang stände mit der seltsamen Erscheinung von heute abend.

Es war mittlerweile spät geworden. Man beschloß zu Bett zu gehen. Der Maler wollte am anderen Morgen schon früh wieder weiter. »Ich schwimme schon draußen auf dem See, wenn Sie herunterkommen«, meinte er, als wir uns von ihm verabschiedeten.

Voll von schweren Gedanken, mit einem seltsamen Gefühl von Unbehagen gingen wir nach oben in unsere Zimmer.

Stumm gaben wir uns die Hand, bevor wir schieden. Wir drei, die ein geheimes Geschick zusammengeschmiedet. Ein jeder fühlte, wie des anderen Hand in der seinen zitterte.

Ich horchte noch in den Korridor hinaus und hörte, wie die beiden ihre Zimmer verriegelten. Ich schloß die Tür meines Zimmers und blieb einen Moment im Dunkeln stehen, krampfhaft horchend; das Herz klopfte mir laut in der Brust.

Der Föhn hatte sich in seiner ganzen Stärke erhoben und peitschte die Äste der Kastanien gegen mein Fenster.

Klang nicht wieder jenes gräßliche Stöhnen von vorhin über mir in den Lüften? Ich war nervös – der Wein – der schwüle Abend – suchte ich mich zu beruhigen.

Ich machte Licht und kleidete mich langsam aus.

Unten hörte ich den Mohrenwirt noch mit dem Maler reden und die Haustür verriegeln; dann kamen Schritte die Treppe herauf, der Maler ging in sein Zimmer. Jetzt war es still im Haus – ganz still.

Ich mußte fest geschlafen haben, als mich ein gellender, furchtbarer Schrei im Hause entsetzt auffahren ließ. Ich horchte voller Grauen in die Nacht. Da, wieder dieser Schrei. Entsetzlich, was ging da vor?

Ich sprang aus dem Bett und griff zu meinem Revolver. Bebend, schwer atmend stand ich vor der verschlossenen Tür und lauschte gespannt nach draußen. Ein Keuchen, ein Seufzen dicht vor meiner Tür. Dann ein Schlurfen wie von müden Füßen über den Korridor; langsam verloren sich die Schritte im Gang.

Ich nahm mir ein Herz, riß die Tür auf und leuchtete hinaus. Ich sah niemanden. – Jedoch, was war das? – Aus dem Seitengang, der ganz am Ende des Hauptganges in diesen mündete, fiel ein Lichtschein, ein flackerndes gelbliches Licht, in welchem ein langgestreckter Schatten hin und her huschte. – Dort hinter jener Ecke stand irgendwer. Ich wagte nicht, mich zu rühren und umkrampfte fest meine Waffe. Plötzlich öffneten sich die Türen der Zimmer meiner Schicksalsgenossen, und voller Entsetzen in den Zügen stürzten die beiden auf den Gang.

Stumm schauten wir uns verzweifelt in die Augen. Wieder dieses Ineinandergleiten der Empfindungen, das Gefühl, ein Wesen zu sein. Unsere Seelen bäumten sich auf unter dem gleichen furchtbaren Verhängnis. Starr hingen unsere Augen an dem gespenstigen Schatten dort an der Gangwand.

Der Lichtschein verschwand langsam. Wieder das müde Gleiten auf dem Boden, dann tiefe Stille. Lähmende Angst lag auf uns. Klarheit, Gewißheit mußten wir haben. Dieser Zustand war furchtbar. Wir wankten bis ans Ende des Korridors und schauten voller Grauen in den Seitengang, an dessen Ende sich die Tür zur Terrasse befand. Diese Tür, die abends verschlossen wurde, war seltsamerweise geöffnet. Halb geöffnet, wie wenn jemand soeben hindurchgeschlüpft wäre, der keine Muße mehr gefunden, die Tür ins Schloß zu ziehen.

Auf der Terrasse mußte jemand sein.

Wir folgten dem Seitengang bis zur Tür, und ich trat mit vorgehaltenem Revolver zuerst auf die Terrasse.

Obgleich kein Windhauch ging, flackerte meine Kerze hin und her und verlosch plötzlich. Wir standen im Dunkeln und horchten voller Grauen in die Nacht. Totenstille um uns. Wir wagten nicht, einen Schritt voran zu setzen.

Plötzlich ein Föhnstoß, der die Kastanien rüttelte, und wieder war es still wie zuvor.

Jetzt über uns das Stöhnen, das gräßliche Stöhnen.

Der Mond trat hinter einer zerrissenen Wolke hervor. Es war niemand außer uns auf der Terrasse.

Der Weg, der zwischen den Kastanien hindurch ins Dorf führte, war grell vom Mondlicht übergossen.

Wieder ein kurzer Windstoß. Dann sahen wir plötzlich auf dem grün-weißen Wege unbestimmt durch das Geäst der Bäume etwas Schwarzes auftauchen, nur einen Augenblick, schon war es wieder hinter einem Kastanienstamm verschwunden – – dann trat er hervor, jener schwarze Wanderer, wie wir ihn gesehen. Mit müden Schritten kam er auf das Haus zu, sein bleiches, entsetzliches Gesicht zu uns emporgerichtet. In der rechten, erhobenen Hand trug er die vom Kreuze gelöste Figur des Heilands. Über die Patina der Bronze krochen die Mondstrahlen.

Entgeistert, voller Entsetzen folgten unsere Augen dem grauenhaften Spuk.

In der Haustür, die sich lautlos öffnete und schloß, verschwand die schwarze Gestalt.

Der furchtbare Wanderer war im Hause! –

Wie gelähmt sanken wir auf der Terrasse zusammen und starrten voller Grauen auf die Korridortür. Jetzt konnte er die Treppe hinauf sein. Kamen nicht jene furchtbaren, schlurfenden Schritte durch den Gang heran? Jeden Augenblick mußte das schreckliche Gesicht in der Türe erscheinen. – –

Totenstille im ganzen Haus. – –

Unsere Herzen standen still.

Ein Krampf lähmte unsere Glieder. – –

Auf dem Boden zusammengekauert, starr die Augen gegen die Tür gerichtet, fand uns der Morgen.

Zitternd erhoben wir uns und wankten ins Haus zurück.

Wir gaben uns stumm die Hand, wie Gezeichnete. Ein wildes Erschrecken packte mich, als ich in die schauerlich verzerrten Gesichter meiner Genossen schaute. –

Jeder ging in sein Zimmer zurück.

Im Haus war noch alles still.

Ich warf mich völlig erschöpft auf das Bett und verfiel in einen todähnlichen Schlaf. –

Die Sonne stand schon hoch, als ich wach wurde.

Meine Glieder waren wie gerädert, von einer bleiernen Schwere.

Das Ereignis der Nacht stand greifbar vor mir. Es war keine Täuschung, kein Traumgesicht gewesen – gräßliche Wirklichkeit. Ich vermißte meinen Revolver und den Kerzenleuchter. Auf der Terrasse fand ich beides.

Ich ging nach unten.

»Der Herr aus Basel ist auf den See hinaus in seinem Nachen nach Radolfszell zu«, sagte man mir. »Der Student ist soeben abgereist; er hat in der Früh eine Depesche bekommen. Er hat dann sofort seine Sachen gepackt und ist im Wagen nach Konstanz gefahren, um noch rechtzeitig den Anschlußzug nach München zu erreichen. Lebe wohl, läßt er Ihnen sagen, der arme Herr, er sah so traurig und bleich aus heute früh, und sonst war er der Lustigsten einer.«

Sinnend ging ich zum See hinunter nach der Radolfszeller Seite.

Weit draußen auf dem Wasser ein einsamer Nachen. Ein weißer Nachen mit dem Schweizer Bundesbanner. Das war der Privatdozent.

Der Fährmann, der sein Fährboot zur Fahrt nach der badischen Seite hinüber instand setzte, meinte lachend: »Der Herr da im Boot macht sich die Sache bequem. Jetzt liegt er schon seit einer Stunde an der gleichen Stelle.«

Ich bat ihn um sein Fernglas, das er im Boot mitführte.

Ich stellte das Glas ein. – Entsetzt ließ ich es sinken.

Der schwarze Fremde von der vergangenen Nacht stand vorn im Boot. Hochaufgerichtet ragte die düstere Gestalt in den blauen Tag. Ganz zusammengekrümmt kauerte am äußersten Ende des Bootes, die Hände vor das Gesicht gepreßt, der Dozent aus Basel.

Der Fährmann schaute mich verwundert von der Seite an und entriß mir das Glas. »Was haben Sie nur? Der Herr scheint eingeschlafen zu sein, er sitzt am Ende des Bootes, den Kopf in die Hände gestützt; ich kann es deutlich durch das Glas sehen.«

»Er ist nicht allein im Boot«, preßte ich voller Entsetzen hervor.

»Ich sehe sonst niemand – er ist ganz allein«, antwortete der Schiffer. »Sehen Sie selbst!« Er gab mir das Glas zurück. Zitternd führte ich es an die Augen.

Was ich jetzt sah, ließ mir das Blut im Herzen stokken.

Ein wildes Ringen im Boot – das verzweifelte Greifen von gekrampften Händen in der Luft und – die schwarze Gestalt saß allein im Nachen am Steuer und lenkte das Boot, von unsichtbarer Hand getrieben, dem Ufer zu in der Richtung, in der wir standen.

»Ich sehe niemand mehr im Boot«, hörte ich den Schiffer sagen, »der Herr hat sich scheinbar auf den Boden gelegt.«

Näher – näher trieb das Boot. Schon konnte ich das bleiche, entsetzliche Gesicht erkennen, das zu mir herüberschaute.

Es war kein Hirngespinst – gräßliche Wirklichkeit.

Der Wind spielte mit dem Bart, und der Mantel flatterte um die hagere Gestalt. Ich sah es deutlich mit meinen Augen, im Licht des Tages.

»Was ist Ihnen? Was haben Sie nur? – Es ist niemand mehr dort im Kahn!« stieß der Fährmann angstvoll hervor. »Was ist mit dem Herrn geschehen?«

Jetzt wieder das Stöhnen in der Luft.

Ein Krampf umschnürte mein Herz. Ich brach zusammen und verlor das Bewußtsein. –

Zwei Tage habe ich im Fieber gelegen, dann erfuhr ich, was geschehen war an jenem Morgen.

»Der Privatdozent muß wohl im Boot eingeschlafen sein, hat dann das Übergewicht bekommen und ist in den See gestürzt«, erzählte man mir. Der leere Nachen war ans Land getrieben. Nur den Hut des Dozenten und eine seltsame unbekannte Münze lagen im Boot, eine Münze ähnlich der, wie sie die Kinder des Mohrenwirtes von dem Maler bekommen hatten. Die Leiche des

Dozenten hatte man trotz eingehenden Suchens nicht gefunden.

Mich hatte man vom See bewußtlos ins Haus getragen.

Die guten Mohrenleute hatten sich aufs sorgsamste meiner angenommen. –

Nun saß ich wieder am Frühstückstisch, zum ersten Mal, vom Fieber und dem Erlebten völlig ermattet.

Ich fragte nach dem Maler.

»Der ist am anderen Morgen, wie er sich vorgenommen hatte, mit dem Frühboot nach Schaffhausen hinuntergefahren. Ich habe ihn noch selbst ans Schiff gebracht«, berichtete der Mohrenwirt. – »Ist es nicht merkwürdig?« – der Mohrenwirt beugte sich geheimnisvoll zu mir über den Tisch herüber – »die Bronzefigur des Erlösers ist seit jenem Tag von dem Kreuz auf dem Kirchhof verschwunden. Glatt und unberührt fand der Totengräber das nackte Steinkreuz. Spuren einer gewaltsamen Loslösung waren nicht zu bemerken. – Ist das nicht sonderbar? Daß der Maler die Figur mitgenommen hat, halte ich für völlig ausgeschlossen. Er hatte keinerlei größeres Gepäck bei sich. Ich wüßte auch nicht, wann er es getan haben sollte. Während der Nacht konnte er das Haus nicht verlassen, die Türen waren alle fest verschlossen.«

Wieder wuchs die Vision vor meinen Augen: der schwarze Wanderer über den grell vom Mondlicht übergossenen Weg, die Figur des Heilands hoch emporgehoben, auf das Haus zuschreitend.

Voller Grauen schloß ich die Augen und sank in mich zusammen. Gab es noch ein Entrinnen vor diesem schauerlichen Alp?

Wie von ferne drang die Stimme des Mohrenwirtes an mein Ohr. Er sprach mit jemandem, der soeben ins Zimmer getreten war. Ganz verworren drang das Geräusch in meine Sinne. Jemand Fremdes war ins Zimmer gekommen.

Wieder lähmte die entsetzliche Furcht meine Glieder, ich wagte nicht die Augen zu öffnen.

»Das Fieber hat ihn stark gepackt«, hörte ich dann dicht neben mir den Wirt sagen.

Ich raffte meine ganze Kraft zusammen und öffnete die Augen.

Es war der Postbote, der eben hereingekommen war und mit dem Wirt sprach und mich erschreckt hatte.

Es war lächerlich. Ich war tatsächlich krank. Meine Nerven waren überreizt. Ich hatte das Fieber und phantasierte. Um mich abzulenken, griff ich mechanisch nach den Zeitungen, die der Postbote soeben auf den Tisch gelegt hatte. –

Wie von ungefähr fiel mein Auge auf eine Notiz, die mir das Blut in den Adern erstarren ließ.

»München, den 14. Oktober. Der hiesige Student der Medizin Norbert Fage wurde heute bei einem Duell im Forstenrieder Park tödlich verwundet und starb auf dem Transport zur Klinik.« So las ich entsetzt.

Das Blatt entfiel meiner Hand.

Norbert Fage hieß der Student aus München.

Etwas Furchtbares ging vor sich. Die Ahnungen, die jener entsetzliche Abend, jene schaurige Nacht geboren, denen Namen zu geben uns gegraut, hatten sich an meinen Genossen bereits erfüllt. An den beiden – und ich – ich lebte noch: ich, der ich auch in das bleiche Antlitz des Fremden geschaut. –

Ein Schaudern, ein Entsetzen, eine namenlose Furcht packte mich. – War ich ihm nicht verfallen? – Dort hinter jenen Kastanien konnte der schwarze Wanderer jeden Augenblick hervortreten oder über die Wasser heranschreiten und mein Geschick vollenden.

»Fort! Nur fort von dieser Insel!« schrie es in mir.

War es die Erde der Reichenau, die gedüngt von dem Schutt der Jahrhunderte, verwester Kulturen diesen Spuk gebar, wenn der Föhn über sie dahinbrauste? –

Weg, weg von diesem Eiland. –

Keine Nacht mehr durfte ich hier verbringen.

Schon um zwölf Uhr befand ich mich mit meinem Gepäck auf dem Dampfer nach Konstanz.

Am selben Abend saß ich in Zürich im direkten Wagen Bern – Luzern – Mailand.

In unaufhaltsamer toller Fahrt floh ich von Ort zu Ort, unstet und flüchtig, das Keuchen des schwarzen Wanderers im Nacken. Gehetzt von den furchtbaren Dämonen.

Wenn im Licht des Tages die grauenhafte Angst zu weichen begann, so schlug um so sicherer während der Nacht der entsetzliche Alp wieder seine Fänge in meine Brust. –

Ganz Italien hatte ich durcheilt.

Ich kam nach Neapel, einige Stunden vor Abfahrt eines Dampfers nach Westindien. Kurz entschlossen ging ich an Bord, von dem einzigen Wunsche beseelt, weiter, nur weiter. –

Schon nach wenigen Tagen begann die Seefahrt ihre wohltätige Wirkung auszuüben. Meine Nerven beruhigten sich, der Alp, das Furchtgefühl schwand mählich und mählich, und als wir nach vier Wochen im Hafen von St. Pierre auf Martinique einliefen, war die Erinnerung an den gespenstigen Fremden der Reichenau, die qualvollen Nächte mit ihren grausigen Visionen fast verblaßt. Halluzinationen, Possen, die mir meine Nerven gespielt hatten, waren es gewesen. Ein Zusammentreffen von Zufälligkeiten, alles dieses zusammengenommen, hatte jene entsetzliche Suggestion ausgeübt, der ich verfallen war. –

Ich blieb in St. Pierre, gelockt von den wunderbaren Reizen eines tropischen Märchens. –

Eines Morgens brachte ein spanischer Antiquitätenhändler Elfenbeinschnitzereien peruanischen Ursprungs und silbereingelegte Ebenholzschatullen ins Hotel. Ich wurde mit ihm handelseinig über einen Kasten aus Ebenholz, der mit seltsamen Arabesken in Silber und Elfenbein inkrustiert war. Auf den Druck an eine bestimmte Stelle, die mir der Händler wies, sprang der Deckel auf.

Das Innere des Kastens war mit einem matten Goldblech ausgeschlagen. Der Kasten mochte wohl zur Aufbewahrung von Schmuckstücken oder Kirchengeräten gedient haben. Ich ließ ihn auf mein Zimmer schaffen. –

Am Abend dieses Tages war ich, wie ich es häufig tat, ins Meer hinausgerudert und hatte vom Boot aus die sterbenden Sonnenstrahlen auf den weißen Häusern der Stadt erlöschen sehen, mich an den Sinfonien der schweren, violetten Töne einer südlichen Nacht berauscht, als eine seltsame Erscheinung am Nachthimmel mein ganzes Interesse auf sich zog. Über dem Kegel des Mont Pelée, der sich gigantisch aufreckte hinter der Stadt, schwebte ein bläulicher Lichtkranz; vom Lande herüber glaubte ich aus dem Schoß der Erde ein Grollen, ein Stöhnen zu vernehmen.

Der Mont Pelée war ein alter Vulkan, der schon lange außer Tätigkeit war und als erloschen galt. Der Feuerschein kam aus der Spitze des Berges, ohne Zweifel. Wie eine schwelende Riesenfackel, zur Wache bei einem Toten angezündet, erschien mir der Mont Pelée. –

Ich starrte gebannt zum Land hinüber. Ein seltsames Unbehagen, ein Angstgefühl überkam mich plötzlich. Ich hatte das Empfinden, als ob jemand hinter mir im Nachen wäre. Voller Grauen wandte ich mich um: ich war allein. Und dennoch fühlte ich fortgesetzt zwei furchtbare Augen auf mich gerichtet. Ein Schatten umkreiste mich, der meinen Blicken entglitt und sich nicht fassen ließ.

Was war nur wieder über mich gekommen? Sollte jener schauerliche Spuk, dem ich mich kaum entronnen fühlte, neu erwachen?

Ich ruderte, so schnell ich konnte, unter Aufbietung meiner ganzen Kraft ans Land zurück.

Am Kai war trotz der späten Stunde noch reges Leben.

Der amerikanische Dampfer, der noch während der Nacht seine Fahrt nach dem Süden, nach Rio de Janeiro, antreten sollte, nahm noch Güter und Kohlen auf. Die Kessel waren bereits unter Feuer. Schwere, dicke Rauchwolken drängten sich ungestüm aus den Schornsteinen in die Nacht. Karren mit Warenballen rasselten über die Landungsbrücke. Ein Hin und Her von geschäftigen Gestalten. Die Ketten des Krans quietschten.

Ich blickte den hastenden, keuchenden Menschen,

die wie unter dem Zwang eines unerbittlichen Geschikkes ihre mühselige Arbeit verrichteten, in die Gesichter und erschrak – erschrak über das unendlich Hoffnungslose in ihren Zügen. Meine Augen hefteten sich an die Gestalten, die immer wieder in dem gähnenden Tor des Lagerschuppens verschwanden und immer wieder unter schwerer Last zum Dampfer zurückwankten. – Ich vergaß meine eigene Angst. Ein ungeheures Mitleid mit diesen Armen ergriff mich.

Plötzlich hörte ich dicht neben mir ein kurzes höhnisches Lachen: ich wandte mich entsetzt zur Seite und sah eine schemenhafte Gestalt, die nach den arbeitenden Menschen hinüberzuweisen schien, im Schwarz der Nacht zerfließen.

Wieder packte mich das Grauen, wie soeben im Nachen, ein Grauen vor mir selbst, vor den Menschen dort drüben am Dampfer. Stöhnend wandte ich mich ab und wankte in die Richtung auf mein Hotel zu, das außerhalb der Stadt auf einer Anhöhe lag.

Hinter der schwarzen Silhouette des Gebirges tauchte der Mond auf.

Wie ein römischer Cäsar in seiner Loge, nahm der Mond Platz am nächtlichen Firmament und blickte hinab in die Arena der Welt, kalt, gefühllos dem Schauspiel glanzvollen Mordens, Girandolen von Blut gewärtig.

Ich hatte das Hotel erreicht. Gespenstig hob sich das weiße Gebäude aus dem drohenden Dunkel der Palmen. Totenstille. Nur vom Meer herauf drang ein müdes Plätschern.

Ein schauerliches Geheimnis schien das Haus, die schweren Schatten der Palmen zu bergen.

Ich stürzte voller Grauen durch den Garten, öffnete hastig die Haustür, floh die Treppe hinauf und stand zitternd vor der Tür meines Zimmers.

Lautlose Stille im Hause.

Ich zögerte einen Augenblick und riß dann die Tür auf. Entsetzt blieb ich in der Tür stehen.

Im Rahmen des geöffneten Fensters stand groß und schwarz gegen die fahle mondhelle Nacht der grausige Fremde von der Reichenau, gerade im Begriff, das Zimmer durch das Fenster zu verlassen. Mit einer müden Bewegung wandte er sich nach mir um und schaute mich an.

Sein Blick umklammerte mich, preßte mein Herz zusammen und lähmte meine Glieder. Schauerlich wuchs das elfenbeinweiße Gesicht aus dem Ebenholz des Schattens. Die Erinnerung an die nächtliche Vision auf der Reichenau, an das tragische, geheimnisvolle Ende des Privatdozenten, des Münchener Studenten durchzuckte in furchtbarer Klarheit mein Hirn. In gräßlicher Todesfurcht versuchte ich zu schreien: meine Kehle war wie zugeschnürt, zu fliehen: ich vermochte nicht, mich zu rühren. – Sekunden wurden mir Ewigkeiten voller Höllenqualen.

Langsam verschwand der Unheimliche durch das Fenster.

Nach und nach wich die Erstarrung von mir, und ich wankte ans Fenster.

Der Garten lag ruhig übergossen vom Mondlicht da. Kein Lüftchen ging. Das Geräusch des träumenden Meeres war verstummt. Nichts regte sich. Niemand war zu sehen. Oder harrte dort in dem lauernden Dunkel der Palmen meiner das Verhängnis? Bewegte sich nicht etwas hinter jenen Eukalypten? Barg das Myrtengebüsch am Weg nicht entsetzliche Geheimnisse?

Ich ertrug den Anblick des Gartens nicht und trat erschaudernd vom Fenster zurück. – Das Zimmer lag im Dunkel; nur auf den Silberornamenten der alten Ebenholzschatulle zitterten die Mondstrahlen. Der Kasten schien frei im Raume zu schweben und gierig das Mondlicht zu trinken, um einem eigentümlichen, magischen Glanz, der von ihm ausging, Nahrung zu geben.

Wie gebannt heftete sich mein Blick an diese neue, seltsame Erscheinung.

Von einer unsichtbaren, geheimnisvollen Macht getrieben, zog es mich zu dem Kasten, berührte meine Hand die Feder, und der Deckel sprang auf.

Ein Strom von Licht schlug mir entgegen.

Auf dem Boden der Schatulle lag die Bronzefigur vom Kreuz vom Kirchhof der Reichenau. Aus dem Gold der Innenverkleidung züngelten blutrote Flammen um die schmale Gestalt des Heilands; die Mondstrahlen legten sich um den Bronzeleib, wie um ihn zu schützen vor der gierigen Glut.

Entgeistert starrte ich in den Kasten.

Die Flammen wuchsen, schossen aus dem Kasten heraus und griffen nach mir. Ich wich zurück. Größer und größer wurde das Feuer, immer heftiger drangen die Flammen auf mich ein und trieben mich Schritt für Schritt vor sich her; wie eine ungeheuere Schlange mit ungezählten Köpfen kroch mir die Flamme nach, verfolgte mich mit schauerlicher Unerbittlichkeit.

Vom Hafen herauf zerriß die Stille der Nacht das Heulen der Dampfsirene des amerikanischen Bootes.

Eine letzte verzweifelte Hoffnung.

Wie besinnungslos stürzte ich aus dem Zimmer, aus dem Hause dem Hafen zu. Blutrot erschien mir die Nacht. Vorwärts, vorwärts in wahnsinnigem Lauf!

Wird es mir noch gelingen? An meinen Fersen fühlte ich den glühenden Atem der entsetzlichen Verfolgerin. –

Die Maschinen des Dampfers arbeiteten bereits, als ich den Hafen erreichte. Ich raste die Landungsbrücke hinunter und sprang mit einem gewaltigen Satz auf das bereits in Bewegung befindliche Schiff. Völlig erschöpft brach ich auf dem Deck zusammen und verlor das Bewußtsein. –

Als ich wieder zu mir kam, befand sich der Dampfer schon auf hoher See. Auch jetzt gab mir, wie damals auf der Überfahrt von Neapel nach Martinique, das Meer meine Ruhe zurück, und schon nach kurzem begann sich die Erinnerung an die furchtbare Wiederkehr des Dämons der Reichenau und die Flammenvision mehr und mehr zu verwischen. –

Als wir nach zehntägiger Fahrt in Pernambuco anlegten, erfuhren wir zu unserem Entsetzen, daß in der Nacht, in welcher wir St. Pierre verlassen hatten, die ganze Stadt durch einen furchtbaren Ausbruch des Mont Pelée völlig vernichtet worden war. – –

Tagelang habe ich ins Meer geschaut und all das Entsetzliche, das ich erlebt, an mir vorüberziehen lassen. –

Wer gibt mir des schauerlichen Rätsels Lösung?

Fand der vom Kreuze geraubte Heiland unter der Lava des Mont Pelée endlich den Frieden?

Gab der schwarze Dämon mich auf, oder wird er eines Tages furchtbarer denn je meine Wege kreuzen und mein Geschick vollenden? –

Ich lebe noch. Ich atme noch. Ich spotte aller Dämonen. Heute ist heute. Ich trinke das Leben. – – – –

Hier schlossen die Aufzeichnungen des seltsamen Mannes, den ich vor einigen Jahren in einem Sanatorium am Rhein kennenlernte. Er kam damals von Südamerika und suchte in der bekannten Anstalt des Doktor Kraven Heilung von den Folgen maßloser Ausschweifungen und fortgesetzten Genusses von Opium und anderer Narkotika. Eine merkwürdige Veranlassung hatte uns zusammengebracht. Er hatte mir wochenlang bei Tisch gegenübergesessen, ohne ein Wort zu sprechen, ohne überhaupt von irgend jemand Notiz zu nehmen. Nervös, hastig aß er und verschwand meistens vor Schluß der Mahlzeit. Seine Augen, in denen es von Zeit zu Zeit wild aufflackerte, schienen ins Leere, ins Grenzenlose zu starren. Tagelang blieb dann oft sein Platz leer, und auch im Garten und in den Wandelhallen sah man ihn nicht. –

Ich trage am Zeigefinger der linken Hand einen wunderlichen Ring, den ich einst in Florenz von einem Trödler erstanden, eine goldene Spinne, deren Beine sich um den Finger krallen und in deren Rücken ein grün schillernder, wunderbarer Skarabäus gefaßt ist. Der Ring ist ein wertvolles, sehr seltenes Stück. Cesare Borgia soll ihn getragen haben, und in der Tat ist auf verschiedenen zeitgenössischen Porträts dieses Borgia der Spinnenring deutlich erkennbar. –

Eines Tages bemerkte mein seltsames Gegenüber bei Tisch diesen Ring. Sein Blick heftete sich wie hypnotisiert an meine Hand. Dann schaute er plötzlich auf zu mir, beugte sich über die Tafel zu mir herüber und fragte mit leiser Stimme, auf den Ring deutend: »Der Ring des Borgia?« –

Wir sprachen dann über Florenz, über Italien, und er verriet eine genaue Kenntnis des Landes und seiner Kunstschätze. Wir kamen von diesem Tage an häufiger zusammen. Er, der sonst scheu jede Berührung mit den übrigen Insassen des Sanatoriums vermied, schloß sich von Tag zu Tag immer mehr an mich an.

Er war in der ganzen Welt herumgekommen. Er verfügte über ein außergewöhnliches Wissen auf allen Gebieten. In die Mysterien der Laster aller Länder, aller Sensationen des Lebens schien er eingedrungen. Etwas Unstetes hatte er im Wesen. Nie sprach er eigentlich von sich selbst.

Dann kam jene Stunde, die ich nie vergessen werde.

Es war an einem stillen, lauen Abend, müde stieg die Dämmerung hinab zur Erde, der Rhein zu unseren Füßen trieb gespenstig seine Silberfluten zu fernen Meeren. Wir saßen im Garten der Anstalt, als er leise flüsternd anhub zu erzählen von seinem Leben, von grausigen Visionen, von Dämonen, die ihn verfolgen, ihn jagen, ihn zu Tode hetzen werden. Oft brach er plötzlich ab und blickte scheu um sich.

Der Mond stand am Himmel, als er geendet.

Noch jetzt nach Jahren steht er mir vor Augen, wie er am Schlusse der Erzählung der Tragödie seines Lebens aufsprang, die Faust drohend gegen einen unsichtbaren Feind erhob und wild auflachend hinabschrie in das stille Tal, die Stimme fast erstickt von grenzenlosem Haß: »Ich spotte eurer! Ich lebe noch! Heute ist heute!«

Am anderen Morgen war er abgereist. Ohne Abschied. Niemand wußte, wohin er sich gewandt.

Nach einem Jahr ungefähr sandte man mir vom Sanatorium einen dort für mich angekommenen Brief. Der Brief trug den Poststempel Bombay und enthielt 14 mit einer kleinen, nervösen Schrift bedeckte, dünne Blätter: das Manuskript der in Vorstehendem wiedergegebenen merkwürdigen Erzählung, ohne irgend welches Begleitschreiben.

Ich kam bald darauf an den Bodensee und besuchte bei dieser Gelegenheit die Insel Reichenau. Von dem Wirt im »Mohren« erfuhr ich, daß mein Freund tatsächlich bei ihm gewohnt habe und nach dem Tode des Privatdozenten und der Nachricht von dem Tode des Studenten plötzlich abgereist sei. Auch, daß der Christus von dem Kreuz vom Kirchhof verschwunden sei, bestätigte mir der Wirt.

Vergangenen Winter hielt ich mich gelegentlich einer Mittelmeerreise einige Tage in Marseille auf und trieb mich häufig in den engen, verrufenen Gassen am Hafen herum, dort wo jedes Laster eine Stätte hat. Von malayischen Matrosen hatte ich die Adresse einer Opiumkneipe erfahren. Ich brauchte Nirwana, und eines Abends machte ich mich auf nach der bezeichneten Taverne mit dem seltsamen Namen »Prizuhli le vrai«. Lange irrte ich in dem Gassengewirr umher, bis ich die richtige Gasse fand. Eine windschiefe Laterne, in der ein kümmerliches Licht hin und her flackerte, trug in ungelenken, kunstlosen Lettern die Aufschrift »Prizuhli« und bezeichnete den gesuchten Ort.

Unschlüssig blieb ich noch einen Augenblick vor

dem Eingang stehen, als plötzlich eine Hand leise meine Schulter berührte und eine mir nicht fremde Stimme meinen Namen flüsterte. Erschreckt schaute ich um: mein Freund aus dem Sanatorium stand vor mir. Soviel ich bei dem ungewissen Licht der Laterne erkennen konnte, waren in seinen Zügen entsetzliche Veränderungen vor sich gegangen. Ein von allen Leidenschaften durchwühltes Gesicht, das Antlitz eines Toten, in dem nur die funkelnden Augen das Leben verrieten, grinste mich an.

Ich stammelte etwas.

»Er kann mir nichts mehr anhaben! Ich bin gefeit!« raunte er mir geheimnisvoll zu. »Das Amulett der Herzogin von Montespan schützt mich. Die Königin aller Dämonen Frau La Voisin selbst hat es geweiht!« Er hielt mir eine seltsame mit Granaten besetzte flache goldene Büchse unter die Augen. Höhnisch lachte er auf. Wahnsinn sprach aus seinen Augen. Sorgsam verbarg er dann die Büchse in seinem Rock und verschwand plötzlich wieder im Dunkel der Nacht. Ich hörte seine Schritte in der Ferne verklingen. Atemlos horchte ich in die Gasse. Dumpfes Flüstern drang an mein Ohr, leises Gitarrenspiel, zu dem halblaut eine rauhe Stimme ein obszönes Matrosenlied sang, irgendwo kreischte jemand gellend auf. –

Ich stürzte erschaudernd hinein in die Taverne »Prizuhli le vrai«.

## *Circulus vitiosus*

Der Fall des Kassenboten Charley P. M. Reefkoke von der *Splay Mouthed Bank* in New York war eine Sensation ersten Ranges. In Aufregung war zumal die wissenschaftliche Welt. Wochenlang konnte man keine Zeitung zur Hand nehmen, ohne auf konstatierende, bezweifelnde, ablehnende, zustimmende, widersprechende Auslassungen von Autoritäten aus den verschiedenen Lagern zu stoßen, die sich mit der höchst seltsamen Angelegenheit beschäftigten. Denn anfangs eine rein medizinische Frage, griff sie, wie man sehr bald merken sollte, auf okkultistische, transzendentale, metaphysische Gebiete über. Zum Schluß hatte sie einen Monsterprozeß zur Folge, dergleichen er bis dato noch bei keinem Gerichtshof Amerikas anhängig gewesen war.

Aber ich will chronologisch die Entwickelung der Dinge berichten.

Gelegentlich der großen Typhus-Epidemie im Sommer des Jahres 1908, die besonders unter der ärmeren Bevölkerung von New York verheerend wütete, tauchte im *Five-Points*-Stadtteil, in dem engen, verrufenen Gassengewirr des Chinesenviertels, der indische Yogi Kapoloïh Sentama Verdrûch tès Rôg Elsche auf, der durch seine außergewöhnlichen Heilungen von Typhuskranken die Aufmerksamkeit der amtlichen ärztlichen Stellen auf sich zog.

Lediglich durch Anhauchen des Kranken und Murmeln einiger unverständlicher Worte bewirkte der Inder eine sofortige vollständige Heilung.

Wenn die Ärzte den Erfolgen Kapoloïh Sentamas bei seiner Behandlung des Typhus' ausgesprochen skeptisch gegenübergestanden hatten, so mußten sie sich angesichts des verblüffenden, um nicht zu sagen: umwerfenden Falles des Kassenboten Charley P. M. Reefkoke den Tatsachen beugen.

Vor einer Versammlung der namhaftesten Gelehrten der Welt im *College of Physicians and Surgeons* der *Columbia University,* unter strengster Kontrolle der Behörden, waren dem Kassenboten Reefkoke, der bei dem gräßlichen Unglück der New Yorker Hochbahn vor einigen Jahren beide Beine verloren hatte, lediglich durch Anblasen der Stümpfe seitens des Inders binnen zehn Minuten vor aller Augen zwei neue Beine gewachsen.

Eine sofort vorgenommene, peinlich genaue funktionelle und Röntgen-Untersuchung ergab, daß man es tatsächlich mit normalen, organischen Gliedmaßen zu tun hatte.

Ein wissenschaftliches Novum: Das Nachwachsen von amputierten Gliedern, das bisher nur bei Krebsen und Fröschen beobachtet worden war, war nun auch beim Menschen als möglich erwiesen. Auffallenderweise freilich hatte der Kassenbote, der früher stark ausgeprägte X-Beine gehabt hatte, nunmehr Beine mit erheblicher O-Tendenz.

Auf alle Fragen der medizinischen Kapazitäten, die den Inder bestürmten, antwortete dieser mit den ruhigen, aber niemandem unter den Anwesenden verständlichen Worten: *»Haês Dêmgè Sinne!«*

* * *

Zur nämlichen Zeit, als sich solches in der *Columbia University* ereignete, fuhr der Postbote John Harry F. Mincerkees mit der elektrischen Untergrundbahn von seiner Wohnung in der *86th Street* zum Hauptpostamt *City Hall Park*. In die Ecke zurückgelehnt, die Beine übereinandergeschlagen, las er seine Zeitung, als plötzlich der Schuh des übergeschlagenen Beines polternd zu Boden fiel. Zu seinem Entsetzen bemerkte er, daß seine Beine mählich und mählich verschwanden. Zehn Minuten später hingen die Hosenbeine leer und schlaff von der Bank hinab, und im Wagen vor ihm lagen zwei leere Schuhe. Von seinen Beinen waren lediglich zwei kurze Stümpfe geblieben.

John Harry F. Mincerkees war ein Mann von außergewöhnlicher Geistesgegenwart.

Welche Ursache auch diese schauerliche Erscheinung bewirkt haben mochte, auf jeden Fall war die Untergrund-Bahngesellschaft für jede Beschädigung ihrer Passagiere haftbar. Sofort ersuchte Mincerkees den Kontrolleur des Zuges, vor allem den Tatbestand und die Namen der Zeugen protokollarisch festzustellen, ihn dann an der nächsten Station abzusetzen und für Herbeischaffung eines Arztes bemüht zu sein.

Verschiedene Fälle von erfolgreichen Versuchen betrügerischer Haftbarmachung der Bahngesellschaft in letzter Zeit (die Gesellschaft bezahlte bereits pro Jahr etwa zwei Millionen Dollar Unfallrenten) hatten die Direktion veranlaßt, ihre Angestellten dahin zu instruieren, daß sie bei Unglücksfällen von Passagieren der Untergrundbahn sich absolut passiv zu verhalten und die Betroffenen an die Gerichte zu verweisen hätten. Fiel dann die gerichtliche Entscheidung zuungunsten der Gesellschaft aus, so beugte man sich dem Gerichtsbeschluß. Dieses Prinzip hatte sich mit Rücksicht auf die Eigenart der amerikanischen Rechtsverhältnisse bisher für die Bahn als äußerst vorteilhaft erwiesen.

Eingedenk dieser Vorschrift lehnte es daher der Kontrolleur strikte ab, dem Wunsch des unglücklichen Postbeamten zu entsprechen, präsentierte ihm vielmehr, da die bezahlte Strecke inzwischen abgefahren war, ein neues Billett.

Kurz und gut, die Sache wurde überaus kompliziert.

Die Bahngesellschaft stellte sich auf den Standpunkt: Uns geht die Sache nichts an. Mincerkees ist ohne unser Zutun in den Wagen gestiegen, mag er sehen, wie er ihn wieder verläßt, durch irgendeine Hilfeleistung würden wir einen Präzedenzfall schaffen, der später einmal gegen uns angewandt werden könnte.

Mincerkees machte die Gesellschaft für alles verantwortlich und tat seinerseits nichts, um aus dem Wagen hinauszukommen. So fuhr er Tag für Tag auf und ab, von der *Brooklyn Bridge* bis zum *Bronx Park*. Die Mahlzeiten ließ er sich von seiner Frau im Henkelmann (so nennt man in Amerika die Speiseträger) in den Wagen reichen; er schlief im Wagen, der nachts im Depotschuppen eingestellt wurde.

Von einer der ersten Rechtsanwaltsfirmen New Yorks, *Brewster and Gangster,* die sich den interessanten Fall nicht entgehen lassen wollte und sich ihm angeboten hatte, ließ er die Klage gegen die Untergrundbahn erheben. Diese wiederum verklagte ihn auf Zahlung von je 5 Cents pro abgefahrene Strecke und je 2 Dollar pro Nacht.

Eine neue Flut von aufgeregten Erörterungen ging durch die amerikanische Presse, die Tageszeitungen und wissenschaftlichen Blätter, als bekannt wurde, auf welche Art und Weise der Postbeamte Mincerkees seine Beine verloren hatte. Es lag nahe, die beiden mysteriösen Fälle, den des Postbeamten Mincerkees und den des Kassenboten Reefkoke, miteinander in Verbindung zu bringen. Tatsächlich ergab eine genaue Untersuchung der so märchenhaft gesproßten Beine auf das evidenteste, daß sie mit den abhanden gekommenen des Postbeamten identisch waren. An der ausgeprägten O-Form und einem charakteristischen Hühnerauge auf dem linken kleinen Zeh erkannten die Freunde und Familienangehörigen von Mincerkees, die *Brewster and Gangster* bei der Inaugenscheinnahme der strittigen Gliedmaßen zugezogen hatten, seine Beine unzweifelhaft wieder.

*Brewster and Gangster* hätten gegen Reefkoke auf Herausgabe der nicht ihm gehörigen Beine klagen können. Aber angenommen, sie erzielten ein obsiegendes Urteil, mit amputierten Beinen war weder Mincerkees noch ihnen, *Brewster and Gangster,* gedient.

Nein, der Weg war nicht gangbar. In Frage kam allein die geldliche Entschädigung, und mit diesseitigen, das heißt: menschlichen und juristischen Mitteln beweisbar war ausschließlich das eine: Daß Mr. Mincerkees, als er an jenem Tage die elektrische Untergrundbahn bestieg, noch im Besitze seiner Beine sich befand und daß er sie während der Fahrt auf der elektrischen Untergrundbahn verlor. *Brewster and Gangster* beließen es also bei dem von der Untergrundbahn geforderten Schadensersatz und trugen der neuerlichen Sachlage nur insofern Rechnung, als sie die ursprüngliche Schadensersatzsumme von 300 000 Dollar auf 500 000 Dollar erhöhten.

Gegen den Yogi Kapoloïh Sentama als den eigentlichen Urheber dieser verwickelten Geschichte gerichtlich vorzugehen, wäre übrigens, selbst wenn man eine konkrete Handhabe gehabt hätte, gegenstandslos geworden. Denn seit dem Tage in der *Columbia University* hatte ihn niemand mehr gesehen. Er war und blieb spurlos verschwunden.

* * *

Daß die Untergrundbahn nicht kampflos eine halbe Million Dollar herausrückte, war natürlich. Dutzendweise ließ sie die Sachverständigen aufmarschieren. Immer wieder wußte sie die Vertagung der Sache durchzusetzen. Termin folgte auf Termin. Fieberhaft suchten unterdessen ihre Agenten nach dem Yogi Kapoloïh Sentama. Sie sagte sich, wie er dem Kassenboten Reefkoke zwei Beine besorgte, würde er auch dem Postbeamten Mincerkees diesen Liebesdienst erweisen können. Mochte es wieder einen anderen die Beine kosten. Der Präsident der *Underground* war ein smarter Geschäftsmann.

Aber, wie bemerkt, es war, als habe den Yogi die Erde verschluckt.

Da, am 8. April 1909, lief im Zentralbureau der New Yorker Untergrundbahn ein Schreiben ein, das man zunächst einmal als einen Ulk aufzufassen geneigt war.

Er habe gehört, ließ sich der Briefschreiber vernehmen, daß der Vorgang auf der Untergrundbahn, dessen Opfer der Postbeamte Mincerkees wurde, durch einen glücklichen Zufall gefilmt worden sei. Wenn man ihm diesen Film zur Verfügung stelle, wolle er mittelst eines neuartigen Verfahrens versuchen, Mr. Mincerkees seine Beine wiederzubeschaffen. Unterzeichnet war der Brief von einem gewissen Thomas Alva Edison.

Wirklich, die Untergrundbahn hatte einen Reklamefilm auf ihren Hauptstrecken drehen lassen, und dabei war, merkwürdig genug, das leidige Malheur, das Mincerkees traf, mitaufgenommen worden. Deutlich war auf dem Film zu sehen, wie der Schuh des übergeschlagenen Beines niederfiel, wie, klar erkennbar, die Strümpfe und die Hosen inhaltlos wurden und im Gesicht des Mannes sich das Entsetzen malte. Von einem glücklichen Zufall sprach dieser Erfinder Edison, aber wer weiß, vielleicht war es auch ein bißchen mehr.

Aus einer Art Galgenhumor heraus sandte man ihm den Film.

Und das nie und nimmer für möglich Gehaltene, das Umstürzende wurde Ereignis.

In Edisons Laboratorium geschah es, wo der Präsident der New Yorker Untergrundbahn und seine Direktoren ihren Film laufen sahen, rückwärts und in Zeitlupe. Völlig zerschmettert von dem Ungeheuerlichen, das über ihn gekommen war, sahen sie den Postbeamten Mincerkees in dem Untergrundbahnwagen sitzen, langsam füllten sich die Strümpfe. Der eine Schuh, der auf dem Boden lag, schwebte empor. Mr. Mincerkees zeigte das Gesicht eines Mannes, der nach einem guten Frühstück wohlgemut zur Arbeit fährt – –

»Und?« fragte Präsident Cuddle, von dem Gefühl beherrscht, gefoppt zu werden.

Edison hatte Erklärungen gegeben, einer chemischen Lösung Erwähnung getan, mit der Filmstreifen und weiße Wand bestrichen waren und die sich mit der Projektion verflüchtigen mußte, sich über Strahlungsgesetze, biologische Grundstoffe und Einmaligkeit eines jeden Menschen verbreitet. Von alldem hatten die Herren von der Untergrundbahn jedoch wenig begriffen, und so schauten sie sich einigermaßen komisch berührt an, als der Film zu Ende, Mr. Mincerkees, im Film, wieder komplett war.

»Also, was soll nun der verdammte Unsinn?« knurrte, deutlicher werdend, Präsident Cuddle.

»Die Gentlemen haben sich die Zeit gemerkt«, sagte Edison lakonisch. »Von elf Uhr dreißig bis elf Uhr vierzig. Innerhalb dieser zehn Minuten dürfte Mr. Mincerkees seine Beine zurückerhalten haben. *Good bye, gentlemen!*«

Noch lachend über den Scherz, auf den sie offenbar hereingefallen waren, stiegen die Herren von der Untergrundbahn in ihre Autos.

Aber Thomas Alva Edison sollte nicht zuviel gesagt haben. *Brewster and Gangster* mußten einräumen, daß ihrem Mandanten Mincerkees in rätselhafter Schnelle die Beine nachgewachsen waren. O-Beine mit einem blühenden Hühnerauge auf dem linken kleinen Zeh, und daß er sogar schon wieder Dienst tat. Was sie verschwiegen, war, daß sie vergebens versucht hatten, Mr. Mincerkees zum Verzicht auf seine neuen Beine zu bewegen, mit anderen Worten, die sicher zu erwartende stattliche Entschädigung vorzuziehen. Wohl oder übel sahen sie sich genötigt, den eingeklagten Schadensersatz auf hunderttausend Dollar zu ermäßigen. Es kam zu einem Vergleich, dem zufolge die Untergrundbahn sechzigtausend Dollar zahlte, und davon empfing Mr. Mincerkees seinen Anteil: zwanzigtausend.

Am 12. Mai hatte die Filmvorführung im Laboratorium Edisons stattgefunden und war Mr. Mincerkees in den Besitz seiner Beine zurückgelangt. Am 14. Mai waren von der *Underground* die sechzigtausend Dollar an *Brewster and Gangster* überwiesen worden. Einen Tag später, am 15. Mai, wurde das Gesicht des Präsidenten Cuddle bei der Lektüre eines soeben eingegangenen Schriftstückes beträchtlich lang. Schrieb da doch James J. H. van Proometaat, ein New Yorker Anwalt holländischer Abstammung, daß er von dem Kassenboten Charley P. M. Reefkoke mit der Vertretung seiner Interessen beauftragt worden sei. Und zwar handle es sich um folgendes: Am 12. Mai, vormittags zwischen elf und zwölf Uhr, sei besagter Charley P. M. Reefkoke, gerade als er im Begriffe war, auf dem Broadway einen Wechsel zu kassieren, binnen weniger Minuten der ihm dank den Bemühungen des Yogis Kapoloïh Sentama zugewachsenen Beine wieder verlustig gegangen. Die Beule, die er zu Boden schlagend sich zugezogen habe, wolle nicht allzuviel besagen, für den Verlust der Beine aber sei die Untergrundbahn haftbar zu machen. Denn seine Ursache könne er nur in dem Experiment haben, das Thomas Alva Edison im Auftrage der Untergrundbahn um jene Stunde vorgenommen habe und über das von den Zeitungen detailliert berichtet worden sei. Er, James J. H. van Proometaat, bezifferte Mr. Reefkokes Anspruch auf achthunderttausend Dollar.

Edison, den Präsident Cuddle sofort anrief, bedauerte – der Verlust dieser Beine war nicht verfilmt, und ohne Film war nichts zu machen.

Wo war Kapoloïh Sentama?

Damals, Mai 1909, begannen die ersten amerikanischen Millionäre sich von einem Filmoperateur begleiten zu lassen, sobald sie sich der Eisenbahn oder dem Auto anvertrauten. Ende des Jahres kamen bereits Autos mit eingebauten, automatisch arbeitenden Kameras auf den Markt und hatte Edison schon eine Aktiengesellschaft gegründet, deren Spezialität es war, mit der Eisenbahn oder dem Auto Verunglückte auf Grund vorhandener Filme wieder zusammenzuflicken. Freilich, gänzlich Toten gegenüber war auch mit ihrem Patent nichts anzufangen. »Aber was nicht ist, kann ja noch werden«, äußerte Edison, von einem Reporter interviewt.

* * *

Am 1. Juni desselben Jahres 1909 ritt zur Propagierung seines Auftretens im Apollo-Theater auf einem fürstlich aufgezäumten Elefanten der indische Gaukler Ba Sélémanes' dol Achsdéd échka putt durch die belebtesten Straßen der Stadt Düsseldorf. Der Elefant trug auf der Stirn einen faustgroßen, wundervoll geschliffenen Smaragd, und auch der Turban des Gauklers war grün. Radié-schèn hieß der mächtige Dickhäuter, was auf deutsch soviel wie »Würzelchen« bedeutet. Auf offener Bühne pflegte ihn sein Herr verschwinden zu lassen.

Als Jupp Kirschkamp, Generalvertreter der Zahnbürstenfabrik Kalscheuren, dem phantastischen Aufzug auf der Königsallee begegnete, stutzte er. Das Gesicht des Gauklers kam ihm bekannt vor, trotz heftigen Kopfzerbrechens wußte er jedoch nicht, wohin mit ihm. Wäre er jetzt nicht vom Frühschoppen gekommen und hätte er damals in New York, gelegentlich seines der Organisation des Zahnbürstenabsatzes in den Vereinigten Staaten gewidmeten Aufenthalts, nicht so viel *drinks* genossen, würde er unschwer den Yogi Kapoloïh Sentama wiedererkannt haben, dessen Bild ihn aus Dutzenden von Zeitungsnummern angestarrt hatte.

Der Umzug des Gauklers mußte um so mehr Aufsehen erregen, als am Morgen in den Düsseldorfer Blättern eine Großanzeige erschienen war, laut welcher er gegen eine Entschädigung von hunderttausend Mark ein Medium suchte, das sich ihm für das Experiment einer hypnotischen Einschläferung auf die Dauer eines Jahres zur Verfügung stellte.

»Hat gut hunderttausend Mark bieten!« meinten die Leute. »Wer wird sich schon ein Jahr lang einschläfern lassen!«

Indes, es fand sich jemand: Gabriel Mesopotam Stockhieb, ein junger Mann, der gerade eine herbe Enttäuschung in der Liebe erfahren hatte und nicht mehr leben, aber auch nicht gleich sterben wollte und so eine einjährige Einschläferung als goldenen Mittelweg ansah. Die hunderttausend Mark spielten dabei natürlich ebenfalls eine Rolle, allerdings insofern nur, als Betty Pachulke, die Ungetreue, nicht einen Pfennig davon mitbekommen und daher vor Ärger die Gelbsucht kriegen würde.

Am 16. Juni, einen Tag nach dem letzten Auftreten Ba Sélémanes' im Apollo-Theater, ging der Akt in dem geräumigen Atelier eines Schlachtenmalers vor sich, Vertreter der Wissenschaften, der Presse und der Behörden waren geladen und zur Stelle. Ein Dolmetscher übersetzte Ba Sélémanes' indische Ansprache ins Deutsche, desgleichen die Versicherung, die Ba Sélémanes dem nun doch etwas ängstlich gewordenen Stockhieb gab: Daß ihn zwar ein dringendes Telegramm nach New York rufe, er aber am 16. Juni 1910 pünktlich eintreffen und ihn erlösen werde. Nebenbei bemerkt, sei er, Gabriel Mesopotam Stockhieb, während des Schlafes gegen jegliche Krankheit gefeit. Nachmittags gegen fünf Uhr wurde Stockhieb in todähnlichem Zustand aus dem Atelier des Schlachtenmalers unter Begleitung Ba Sélémanes' in seine Wohnung gebracht und dort angekleidet, wie er war, in sein Bett gelegt. Zimmertür und Fenster wurden in Gegenwart eines Notars versiegelt.

Noch am Abend fuhr Ba Sélémanes nach Hamburg.

* * *

Man schrieb den 16. Juni 1910 – kein Ba Sélémanes ließ sich sehen.

Man schrieb den 16. Juni 1911 – kein Ba Sélémanes ließ sich blicken.

Seltsam, aber echt deutsch war, daß niemand sonst zu dem Schläfer einzudringen, das heilige Siegel zu verletzen wagte. Überdies schaute man, im Geiste wenigstens, zu gebannt, um noch an etwas anderes denken zu können, über den Atlantik, nach New York, wo der *Circulus vitiosus* raste. Kaum hatte Edison dem Postbeamten John Harry F. Mincerkees zu neuen Beinen verholfen, als sie ihm auch schon wieder zu Gunsten des Kassenboten Charley P. M. Reefkoke geraubt wurden. Und so ging das hin und her, hin und her, ein Schauspiel, schauderhaft und unheimlich, wie die Welt noch keines erlebt hatte.

Und die jungen Leute alterten, und die überständigen Alten sanken ins Grab. Nicht starben aber John Harry

F. Mincerkees und Charley P. M. Reefkoke sowie ihre Hintermänner und Anwälte.

Der *Circulus vitiosus* raste.

Im Jahre 1942 erklärte die New Yorker Untergrundbahn ihren Bankrott, nachdem sie sich durch eine Fahrpreiserhöhung vergeblich zu sanieren versucht hatte. Präsident Cuddle, achtundachtzigjährig, mußte noch einmal mit Zeitungverkaufen von vorn beginnen.

* * *

Man schrieb den 16. Juni 1959.

Endlich, nach fünfzigjährigem Schlaf, erwachte Gabriel Mesopotam Stockhieb von selbst. Er konnte sich auf nichts besinnen, auf absolut nichts. Wo befand er sich? Er lag in einer Laube, die mit einer braunen, moosartigen Pflanze dicht bewachsen war. Der Boden des Raumes schien etwa anderthalb Meter hoch mit Luftschlangen bedeckt. Bewegte er die Hände, so raschelte es im Zimmer. Versuchte er sich zu bewegen, so zupfte es ihn am Kinn und auf dem Kopf.

Die Luftschlangen endeten an seinen Fingerspitzen. Das waren ja seine Nägel, die diese riesige Länge angenommen hatten. Und das seltsame braune Gewächs? Jetzt bemerkte er es. Das war sein Bart und sein Haupthaar, das wie Efeu an den Wänden hinaufgeklettert war und die Zimmerdecke üppig überwucherte.

Etwas von hunderttausend Mark fiel ihm ein. Er sann und sann, ohne recht zum Verständnis seiner Lage zu kommen, und stierte auf einen Abreißkalender, der den 16. Juni 1909 und als Gericht des Tages »dicke Bohnen mit Speck« anzeigte, als sich plötzlich die Tür öffnete und ein uralter Mann mit einem weißen Bart, der ihm bis auf den Gürtel reichte, eintrat. Ihm auf dem Fuße folgten zwei kleine gelbe Chinesen, die sich auf des uralten Mannes Geheiß sogleich daran machten, mit Schere, Kamm und Bürste Gabriel Mesopotam Stockhieb ein menschenwürdiges Aussehen zu geben. Die flinken Hände streiften seine ziemlich derangierte Gewandung ab, und binnen kurzem trug er schwarze enganliegende Shorts und dazu eine lose, mit Lapislazuli-Knöpfchen besetzte karierte Jacke mit offenem Kragen – es war die Mode von 1959.

Unterdessen sagte der Greis einiges auf indisch, er habe sich leider ein bißchen verspätet, und er, Gabriel Mesopotam Stockhieb, möge gütigst entschuldigen – der größere der beiden Chinesen verdeutschte es.

Kein Zweifel, Stockhieb hatte Ba Sélémanes vor sich.

Kichernd, wie es so uralter Männer Gewohnheit ist, erzählte der, wie es ihm nach unendlichen Versuchen gelungen sei, die Beine, die ewig von Mr. Mincerkees zu Mr. Reefkoke und von Mr. Reefkoke zu Mr. Mincerkees wanderten, so zu dressieren, daß sie den Weg ganz selbständig zurücklegten. Sie brauchten nur von Mr. Mincerkees zu Mr. Reefkoke zu gelangen, und nach drei Tagen lösten sie sich wieder von selbst von diesem. Nur so habe er ja New York verlassen können.

Interessierte Gabriel Mesopotam Stockhieb nicht im geringsten, obschon es ihm gleichfalls verdolmetscht wurde. Wie es mit den hunderttausend Mark sei, fragte er. »Verjährt, lieber Freund! Verjährt!« erwiderte Ba Sélémanes milde.

Es waren die einzigen deutschen Wörter, die er kannte, und ich habe ihnen eigentlich nichts weiter hinzuzufügen.

# *Der Aesthet*

## EINE IMMERHIN RECHT MERKWÜRDIGE GESCHICHTE

### 1.

Er erbrach sich gerade, als ich mich ihm vorstellen wollte. Da ließ ich es vorläufig und ging nach unten.

Es war an Bord der Bocognano der Compagnie Fressinet auf der Fahrt von Marseille nach Bastia.

Ich fuhr nach Corsica, weil mein Billett dahin lautete.

Ein Onkel hatte sich mit viel Liebe eine Mittelmeer- und Orientreise zusammengestellt und war, ehe er die Reise antreten konnte, das vollständige Reiseheft von Cook bereits in Händen, im Begriff, in einem nicht ganz eine halbe Stunde entfernten Nachbarort noch schnell eine Hypothekenangelegenheit zu ordnen, das Opfer eines Eisenbahnunfalls geworden und gestorben.

Wir beerbten den Onkel.

Die Reise mußte gemacht werden, da Cook das Billett nicht zurücknehmen wollte.

Meine Familie hatte stets mein Bestes im Auge. Ich ließ mich überreden, des Onkels Reise zu unternehmen. Natürlich wurde mir das Billett zum vollen Wert an dem auf mich entfallenden Teil der Erbschaft abgesetzt. Man wollte nur mein Bestes – o gewiß.

Oberitalien und die Riviera bis Marseille hatte ich gewissenhaft erledigt und schon die seltsamsten Sachen erlebt. Nun ja, man ist jung, lernbegierig, unternehmungslustig, nicht wahr. –

Marseille hatten wir gegen 5 Uhr nachmittags verlassen, und so um die gleiche Zeit anderen Tages sollten wir in Bastia eintreffen. Im letzten Augenblick an Bord gekommen, hatte ich die Ausfahrt aus dem Hafen und einen Abschiedsblick auf Notre Dame de la Garde noch genossen und war dann in die Kajüte hinabgestiegen, um mich vor allem mal nach dem Verbleib meiner Koffer und nach meiner Kabine umzuschauen.

Mein Gepäck befand sich schon in der Kabine. Ich atmete erleichtert auf, es fehlte nichts. Im Gegenteil, auf dem Kabinentisch lag ein fremdes, unangenehm aussehendes Paket, in eine ziemlich mitgenommene Zeitung geschlagen, so ein Paket, wie es Näherinnen und Waschfrauen, die außer Hause arbeiten, bei sich zu führen pflegen. Kein Mensch weiß, was darin ist.

»Athinai« las ich. Es war eine griechische Zeitung. Hm.

Ich interpellierte den Steward.

Es werde dem anderen Herrn gehören, meinte der.

Richtig, die Kabine war zweibettig.

Wer der Herr sei?

Der Steward brachte mir die Schiffsliste.

»Professor Kaspar Moritz Mauzfies«, stand da angegeben.

Mauzfies! Mauzfies! So hieß doch der Verfasser des sensationellen Buches »Ästhetische Maximen«, worin voller Ekel vor der heutigen allgemeinen Lebensführung ein neues Leben auf künstlerisch-ästhetischer Grundlage gepredigt wurde. Kaspar Moritz Mauzfies – ein Irrtum war ausgeschlossen, es konnte nur der Apostel dieser glühend verkündeten neuen Lebenskunst, dieses dithyrambisch gepriesenen neuen Hedonismus, sein. In der Presse wurde er mit seiner Lehre zwar reichlich veralbert, aber nichtsdestoweniger hatte er sofort nach Erscheinen seiner Maximen eine Gemeinde exklusiver Schöngeister gefunden, die ihn in entzückenden Tönen als den Bringer neuer Werte, als den Messias eines Lebens in Schönheit ausrief.

Ja, stellenweise hatte das Buch von Mauzfies seltsame Verwirrungen angerichtet. So war in meiner Vaterstadt Düsseldorf die bis dahin ganz vernünftige Frau eines Notars nach seiner Lektüre dem Ästhetenkoller verfallen. Sie erklärte eines Morgens zum Entsetzen ihrer Umgebung, nur noch in matter Dämmerung leben zu können, keine andere Nahrung als das Mark von Bananen, mit Heliothropenöl beträufelt, dargereicht auf einer von Benvenuto Cellini gearbeiteten goldenen Schale, genießen zu können, und im übrigen ihre Tage von jetzt ab träumend im Anblick einer römischen Gemme oder eines altvenetianischen Glases verbringen zu wollen. Darüber ging die ganze Haushaltung zugrunde, Gatte und Kinder verkamen.

Das hätte ich ja famos getroffen, wenn mein Kabinengenosse der vielumstrittene Ästhet wäre! Eine glänzende Gelegenheit, eine Renommierbekanntschaft zu machen, die sich später zu Hause wundervoll ausschlachten ließ! Um es nur zu gestehen, ich bin ein bißchen Streber und sonne mich gern in Beziehungen zu Berühmtheiten. Gott, was nützt dich alles Können, alles Talent, blöke der Menge entgegen: »Hier, ich bin was, ich kenne den bekannten Soundso!« und sie wird dich wichtig nehmen. Ich kannte den Friseur einer Fürstlichkeit, das hatte mir schon unendlich genützt.

Nun sollte Kaspar Moritz Mauzfies mit mir in einer Kabine schlafen. Von Angesicht zu Angesicht würde ich ihn sehen. Unterhalten würde ich mich mit dieser Berühmtheit. Ich verspürte Herzklopfen. »Na ja, Professor Mauzfies meinte auch« – »Wer, der berühmte Mauzfies?« – »Na ja, wir hatten eine Kabine zusammen auf der Überfahrt nach Corsica.« So würde ich wohl einmal sprechen können.

Ein geheimnisvolles Dunkel umgab die Persönlichkeit des Ästheten. Niemand von seinen Anhängern selbst konnte etwas Genaues über ihn sagen. Einige behaupteten, er sei der Idealtyp seiner Schönheitsdoktrin, aber wirklich gesehen hatte ihn noch keiner. So viel stand fest, er war ein Sonderling und lebte stets auf Reisen.

Ein unerhört glücklicher Zufall also. Jetzt bloß nicht die Sache verkorksen. Vorstellen, in aller Form vorstellen mußte ich mich ihm als Kabinengenosse, und zwar sogleich. Das verlangte der Anstand des korrekten Deutschen! Man hatte nicht umsonst seine Erziehung genossen.

Freilich – das Paket, das malpropere Paket! Nach einem Ästheten sah es eigentlich nicht aus.

»Der Herr muß an Deck sein«, antwortete der Steward auf mein Befragen. Er sei schon lange vor Abfahrt an Bord gekommen, habe sich die Kabine ausgesucht und das Paket – anderes Gepäck habe er nicht bei sich – auf dem Tisch deponiert.

Wie er aussehe?

»*Un drôle de type* – er trägt eine Mütze mit einem gelben Zelluloidschirm.«

Ich stieg etwas unsicher nach oben.

Wir waren mittlerweile in die offene See hinausgekommen, die Bocognano stampfte bei dem starken Wellengang erheblich. Auf Deck waren nur einige wenige Tapfere, die dem Wetter Trotz boten.

Abseits an der Reling lehnte ein untersetzter Mann in einer Mütze, wie sie Besitzer von Dampfkarussells auf Jahrmärkten tragen oder kleine Beamte, wenn sie sonntags eine Radpartie machen.

Das wäre mein Kabinengenoß? Sonst war niemand an Deck mit einer Celluloidschirmmütze.

Einen Ästheten hatte ich mir ein wenig anders gedacht.

Dieser Herr trug eine schwarze Kammgarnhose, die wie alle Kammgarnhosen sehr glänzte und ins Grünliche spielte. Graue Harmonikasocken hingen traulich über ausgetretenen Zugstiefeln. Eine in der Farbe unbestimmbare Weste war weit genug ausgeschnitten, um trotz der Deckkrawatte noch einem braunen, sehr braunen Jägerhemd etwas Ausblick zu gewähren. Dazu ein zu kurzer Gehrock aus dem gleichen Stoff wie die Hose. Der einzige weiße Fleck an der Garderobe war ein Papierkragen, ultra schick mit zarten, duftig blauen Streifen, der verriet, daß der Träger den feineren Nuancen der Mode doch nicht so völlig fremd gegenüberstand.

Das Gesicht hatte er abgewandt.

Mir schien, als ob der ganze Kopf ein einziger, wilder, ungepflegter Haarwust sei.

Ein amerikanischer Exzentriker in der sehr vernachlässigten Kleidung eines kleinen Agenten für Viehversicherung, stellte ich bei mir fest.

Indes, Mauzfies galt für einen Sonderling, das war zu berücksichtigen.

Manche rauhe Schale birgt köstlichen Kern.

Ich reckte mich, wiederholte noch einmal leise, was ich mir zurechtgelegt hatte, und wollte gerade auf ihn zugehen, als er sich plötzlich über die Reling beugte und interessiert in die hochgehenden Wogen des Azurmeeres starrte.

Und jetzt blickte er sich kurz nach mir um.

Herrgott, das Gesicht! Entsetzlich! Eine Goyasche Fratze, in der eine tolle Kartoffelnase dominierte und vielleicht drei Wochen alte Bartstoppeln kaum viel Edles zu verdecken hatten.

Aber originell, entschieden originell.

Die Wiedergeburt des Diners nahm seine ungeteilte Aufmerksamkeit in Anspruch. Für eine Annäherung ein ungeeigneter Augenblick. Ich beschloß daher, der Sache fürs erste ihren Lauf zu lassen, und zog mich diskret zurück.

II.

Unruhige Gestalten füllten die Kajüte, die nach tausend Ratschlägen und Rezepten mit Kognak, Rotwein, Kaffee, Tee, durch sehr reichliches Essen, absolutes Hungern, durch Stillsitzen auf einer Stelle, durch fortgesetztes Hinundherlaufen sich gegen das dräuende Gespenst der Seekrankheit zu wappnen gedachten. Der französische Schiffskondukteur versuchte vergeblich, zwei händeringenden verwirrten, alten Tanten, die durcheinander Deutsch auf ihn einredeten, etwas zu erklären. Er bat mich als Dolmetsch heran. Die beiden Damen, die aussahen, als ob sie aus Ohligs oder Hilden stammten, klammerten sich nun an mich und beschworen mich, ihnen zu bestätigen, daß die Bocognano nach Genua fahre. Mit einiger Befriedigung konnte ich dieses verneinen und ihnen sagen, daß sie sich auf der Fahrt nach Corsica befänden.

Großes Gejammer. Man sollte sich beschweren, kreischte die eine, »Anhalten, sofort anhalten!« johlte die andere.

Der Kondukteur verfügte sich achselzuckend in seine Klause.

Man hielt sich an mich.

Dazu komme noch, daß ihr Gepäck nicht auf der Bocognano sei. Durch den Hoteldiener, der ihnen auch die Fahrkarten nach Genua besorgt habe, sei das Gepäck bereits am Tage vorher auf den Dampfer geschafft worden.

Dann sei wohl mit ziemlicher Sicherheit anzunehmen, daß wenigstens das Gepäck auf das richtige Schiff geraten sei, was doch immerhin in gewissem Maße eine Beruhigung sei, suchte ich zu trösten.

Aber meine Trostgründe überzeugten die Unglücklichen nicht. Außerdem begann noch das Spiel der Wellen seine Wirkung auszuüben. Sie wurden grün im Gesicht. Schon würgend flehten sie mich an, ihnen einen Rat zu geben.

Ich konnte ihnen für den Augenblick nur raten, sich in der Nähe eines Gefäßes aufzuhalten.

Mein Rat kam zu spät. Ich konnte noch eben zur Seite springen.

Ich drückte mich, da die Unterhaltung mit den beiden verfehlten Wesen nichts Anziehendes mehr versprach, und beschloß, wieder an Deck zu gehen, um zu sehen, ob ich mich nun bei Mauzfies anbringen könne.

Das opulenteste Diner muß doch einmal ein Ende nehmen.

Mauzfies war sein Diner augenscheinlich los. Er stand an seinem alten Platz, hielt das Geländer umklammert und starrte vor sich hin.

Der Mann sah schlimm aus, ganz schlimm.

Gott, ja, sagte ich mir aber, was bei einem gewöhnlichen Menschen als Schweinerei bezeichnet werden kann, wird bei einem Denker und Weisen wie Mauzfies zur berechtigten Eigentümlichkeit. Vielleicht kostet er nur den Reiz des Kontrastes, wer will darüber entscheiden bei einem so tiefrätselhaften, originellen Kopf.

Der große Augenblick war gekommen.

Die Bocognano tanzte doch verflucht.

Ich stolperte und schwankte auf ihn zu. – Da prallte eine heimtückische Welle gegen Backbord. Ich verlor das Gleichgewicht und schoß mit gellendem Schrei quer über die Planken gegen Mauzfies, den ich in meiner Kopflosigkeit faßte. Er verlor den Halt, und wir wälzten uns hilflos in trauter Verschlingung auf dem Deck herum. Es war mir offen gestanden riesig peinlich. Kugelnd bemühte ich mich, meinen Namen zu nennen und eine Entschuldigung zu stammeln. Es gelang nicht so recht. Eine mitleidige Woge, die die Bocognano am Bug traf, daß sie jäh aufstieg, schleuderte uns gegen einen Aufbau. Wir saßen uns gegenüber und stierten einander blöde und verblüfft an.

Himmel, der Mensch hatte ja auch nur ein Auge!

Ich sammelte mich, so gut es ging, stellte mich vor, entschuldigte mich.

»Die große, schöne Linie der klassischen Ruhe fehlt Ihnen, junger Herr!« erhielt ich zur Antwort.

Ich zitterte vor Erregung – es war trotz allem bestimmt der Verfasser der ästhetischen Maximen.

»Pfui – Kajütendunst – Speisegeruch!« murmelte mein Gegenüber, worauf er sich mit vieler Mühe auf die Beine stellte und in grotesken Sprüngen an die Reling zurück balancierte.

Der Mann ist mir böse, sagte ich mir. Ich muß mich ihm richtig mit Hackenanschlagen vorstellen, ihm klar machen, daß ich kein Prolet sei und den unglücklichen Zwischenfall nicht beabsichtigt habe.

So huschte ich denn diesmal mit unendlicher Vorsicht an ihn heran und erklärte ihm, mich malerisch am Geländer stützend, wie sehr ich bedauere, die Ursache seines Sturzes geworden zu sein, bat ihn um Verzeihung und stellte mich ihm wirklich vollendet vor. Und dann sagte ich noch etwas von großer Ehre, mit dem berühmten Verfasser der ästhetischen Maximen, die ich mit Begeisterung gelesen habe, eine Kabine teilen zu dürfen.

»Ich liebe so die violetten Tönungen eines sterbenden Tages, die Phonetik der Wellen und des Windes! – – Also wir schlafen in einer Kabine. Sie sind Deutscher? Ich liebe die Deutschen nicht, sie haben so wenig Gefühl für die Form.«

Er sprach langsam schleppend, ohne Modulation.

»Verzeihen Sie, Herr Professor, Sie haben sich vorne sehr häßlich bekleckert«, konnte ich nicht unterlassen zu bemerken – er hatte in mir das Nationalgefühl verletzt.

»Ich verabscheue Deutschland«, fuhr er unbekümmert fort. »Die Grazie ist dort tot, die Kunst eine Geschäftssache, ein Luxusartikel, der hinter dem Auto und dem Weinkeller rangiert. Mit Fortschritten auf realen Gebieten hat man das Höchste, die Phantasie, eingebüßt. Ich schrieb meine Maximen und wurde in Deutschland ausgelacht. Erfindet heute jemand einen Motor von erhöhter Kapazität oder eine billigere Methode der Stahlfabrikation oder irgend sonst etwas derartig Gleichgültiges, so wird er als Menschheitsbeglükker gefeiert. Ich frage Sie: Sind wir mit all unseren Erfindungen glücklicher geworden als unsere Vorfahren? Mitnichten. Ich lehre die Menschen das wahre Glück, erziehen will ich sie, angesichts der Wunder der Kunst das kleinliche Leben mit seinen Nöten zu verlachen, den praktischen Verstand zu überwinden, kurzum zum Leben in Schönheit. – Botticelli«, flüsterte er darauf unvermittelt. »Botticelli!« wiederholte er lauter. »Botticelli!« schrie er über das Meer.

»Botticelli!« brüllte ich aus Leibeskräften, verstummte aber schnell und wurde sehr kleinlaut, da er mich durchbohrend anschaute.

War's sein natürliches Auge oder sein Glasauge? Ich wußte es in diesem Augenblick nicht.

Ich hatte wohl mein Einjähriges, hielt mich überhaupt für ganz nett gebildet, allein dem, was Mauzfies verzapfte, fühlte ich mich doch nicht so völlig gewachsen. Ich hatte eine Heidenangst, er würde das merken und sich von mir abwenden. In solchen Fällen tut man am besten, man stellt sich enthusiasmiert.

»Die große, befreiende Geste werden wir in Deutschland nie erleben«, sagte er prophetisch, dabei rutschte ihm die Deckkrawatte bis unters Kinn. Noch immer sah er mich prüfend an.

Ich bekam einen roten Kopf.

»Sie wollen sich länger in Corsica aufhalten, Meister?« fragte ich unverschämt.

»Eroberung der Luft – jawohl!«

Mein Kopf wurde noch röter.

»Eines Bildes wegen fahre ich nach Corsica, verstehen Sie?« schnauzte mich der Ästhet abrupt an.

Das sollte der Teufel verstehen. Ich flüsterte: »Gewiß«.

»Die Herzogin Gonzo di Vizzerona-Forli hat in ihrem Schloß bei Bastia einen Botticelli, den ich noch nicht kenne. Sie werden sich erinnern, daß vor Jahren auf geheimnisvolle Weise aus dem Palazzo Riccardi in Florenz das Bildnis der Lena Griffi verschwand.«

Niemals habe ich mich ostentativer erinnert.

»Botticelli malte die große venezianische Buhlerin. Dieses Bild besitzt die Herzogin.« Wie ein Geheimnis raunte er mir das ins Ohr.

Nie in meinem Leben bin ich sichtlicher erstaunt gewesen. Der Mund stand mir offen, ich mußte mir einen gelinden Stoß unter die Kinnlade geben.

»Tränen, von Göttern geweint,
Wurden Venedigs Kristall«,

deklamierte er voll Pathos, wobei er die »r« rollte, daß sie bis zu mir herüberspritzten. »Der Herzogin wunderbare Sammlung venezianischer Gläser werde ich sehen, werde ich erleben, werde ich trinken! Verstehen Sie, trinken!« Wieder schrie er mich ohne Grund an.

Jedenfalls wußte ich jetzt, was er auf Corsica wollte.

»Jawohl, trinken, trinken, trinken!!« schrie ich noch lauter.

Abermals blickte er mich durchdringend an, nun zweifellos mit dem richtigen Auge, das ein wenig blutunterlaufen war.

»Venezianisches Glas ist für mich Mozart«, sagte er.

Es schien mir, als ob er zutraulicher würde.

»Ich komme von Griechenland« – er besah interessiert den Zahnstocher, mit dem er zuvor im Munde gebohrt hatte, – »ich sage Ihnen, drei Monate Griechenland machen einen immun auf einige Zeit selbst gegen Deutschland. Ich habe Griechenland hineingeschlungen, gewälzt habe ich mich in Kultur!« Und er stieß auf.

Es war mittlerweile dunkel geworden, mich fror.

Ich machte den Vorschlag, nach unten zu gehen.

»In sternenlosen, schwarzen Nächten schreitet Pan über das Meer. Ich bleibe noch hier. Bestellen Sie mir beim Steward ein Côtelette à la Robert – – ich komme in einer halben Stunde nach.

*Un drôle de type*. Ich war noch ganz dösig.

In der Kajüte hatten sich mit dem Wetter auch die Gemüter beruhigt. Man saß hohlwangig in Gruppen beisammen und erzählte sich von Fällen, wo die See noch viel höher gegangen sei und wo man natürlich stets der Erzähler ganz allein nur mit dem Kapitän bei Tisch gesessen habe.

Ich entledigte mich meines Auftrages und kroch, da ich von Mauzfies für heute genug hatte, nach einem kleinen Imbiß in meine Koje. Auch wollte ich mir vor Mauzfies das obere Bett sichern.

Einen scheuen Blick noch warf ich auf das mysteriöse Paket auf dem Tisch, dann schlief ich bald ein.

Ich schlief wie ein Dachs.

## III.

Als ich wach wurde, schien der Tag durch die Luke.

Mauzfies war bereits auf. Er tanzte in Unterhosen

durch das Gemach und versuchte stöhnend, sich seine Krawatte um den Hals zu winden.

Ich halte es nicht für recht, eine Unterhose, die ursprünglich gelbbraun war, so lange zu tragen, bis sie Farbe und Ansehen von ägyptischen Mumienbändern hat. Mauzfies schien anderer Ansicht zu sein.

Ich mußte weggucken, ich konnte es nicht mitansehen. Das Zeitungspaket lag noch ungeöffnet auf dem Tisch.

Nachdem ich mich einigermaßen gesammelt hatte, wünschte ich ihm einen guten Morgen.

Die Deckkrawatte baumelte endlich auf der Brust herum, die Mumienhose war unter der kammgarnenen verschwunden. Mauzfies stand an der Luke und schaute sinnend hinaus auf das Meer.

»Ein Corotscher Morgen. Die Geburt des Tages aus der Unendlichkeit der Nacht. Ja, der göttliche Franzose hat das geheimnisvolle, überwältigende Wunder begriffen. Oder kennen Sie einen Künstler, der das ebenfalls noch malen könnte?«

Ich versicherte, keinen zu kennen, obgleich ich an anderes dachte. Der Schreck über die Unterhose saß mir noch in den Gliedern. Und dann beunruhigte mich ernstlich das Paket auf dem Tisch. Man muß doch auf der Reise Koffer haben, ein Reisenecessaire, eine Plaidhülle, einen Hutkoffer und so. Ohne daß ich es eigentlich wollte, preßte ich die Frage heraus: »Haben Sie, verehrter Meister, Ihr großes Gepäck vorgeschickt?«

»Turner hatte Gluten auf seiner Palette. Visionen trunkener Märchen oder die Vorstunde furchtbarer Tragödien sehe ich in seinen Bildern.«

Sein Quatsch begann mir auf die Nerven zu gehen,

ich nahm mich aber zusammen und sagte träumerisch: »Ja, dieser Turner!«

»Gepä–ä–ä–ck« erinnerte er sich nun. »Dort – und er wies auf sein Paket – *»omnia mea mecum porto!«*

Na, seine *omnia* waren auch danach. Die Herzogin wird eine Freude haben.

Ich erfuhr im Verlaufe des Gesprächs, daß er seit langem mit ihr in Korrespondenz stand und ihrer ausdrücklichen Einladung folgend nach Corsica ging. Das imponierte mir doch wieder gewaltig.

Unterdessen war er mit seiner Toilette fertig geworden. Er verließ die Kabine. Gewaschen hatte er sich nicht, sein Waschbetrieb war unberührt.

Den ganzen Tag über hielt ich mich an ihn. Ich schien einen Stein bei ihm im Brett zu haben. Er würdigte mich längerer Erläuterungen über seine ästhetischen Ziele. Unvermittelt sprang er von einem Thema zum anderen. Zwischendurch schnauzte er mich auch rücksichtslos an, wenn er auf meinem Gesicht zu lesen glaubte, ich hätte nicht kapiert. Aber von einem Manne, der eine Herzogin zu besuchen im Begriffe war, ließ ich es mir willig gefallen und sah andauernd beflissen und sehr verständig drein. Bisweilen schien es mir, als ob er mich ganz seltsam anblicke. Etwas Dämonisches lag dann in diesem Blick. Aber ich gebe zu, daß das mit seinem Glasauge zusammenhängen mochte, an das ich mich einfach nicht gewöhnen konnte und das mich mehr und mehr ängstigte.

Corsica in Sicht! Hieß es nachmittags gegen halb sechs Uhr plötzlich.

Ein dunkeler Streifen am Horizont wurde uns von den Matrosen als die Insel der Vendetta bezeichnet.

Im Hotel l'Ingénieur in Bastia sollte mein seliger Onkel wohnen – also ich gleichfalls.

»Für das Hotel l'Ingénieur habe auch ich mich entschieden«, erklärte Mauzfies und schaute mich wiederum so unheimlich an. Ich starrte ihm ins Glasauge, wie gebannt kam ich fast nicht los davon. Ein Grauen beschlich mich. Was würde aus alldem noch werden?

Die Dämmerung war schon ziemlich weit vorgeschritten, als wir im Hafen von Bastia einliefen.

Phantastische Gestalten kletterten, während der Dampfer noch mitten im Hafen lag, aus kleinen Kähnen an Bord, stürzten sich wie Besessene in die Kabinen und zogen unter Triumphgeschrei mit den Gepäckstücken ab.

Ich sah Mauzfies erbleichen. Man hatte ihm sein Zeitungsbündel entführt. In einer merkwürdigen Besorgnis, die von seinem bisherigen unveränderlichen Gleichmut solchen Dingen gegenüber auffallend abstach, lief er hin und her.

Die Bocognano hatte am Kai festgemacht, und man konnte an Land gehen.

Alles drängte und stürmte auf eine Stelle zu, an welcher die wahnsinnigen Packträger das Gepäck kunterbunt zusammengetürmt hatten.

Ich kriegte mir eine verdächtige Sträflingstype zu packen und ließ meinen Kofferkram aus dem Wust hervorzerren und zu dem Omnibus des Hotel l'Ingénieur schaffen.

Mauzfies sah ich im Getümmel wild gestikulierend, auf- und abrennen – er hatte sein kostbares Paket noch nicht entdeckt.

Nachdem meine Koffer glücklich auf dem Dach des

vorsintflutlichen Hotelwagens verstaut waren, stellte sich der Facchino, ein gedrungener Sarazene, vor mich hin und hielt mir drohend sechs dreckige Finger unter die Nase, was heißen sollte, ich hätte für den Gepäcktransport sechs Franken zu zahlen.

Ich bin ein vornehmer Mensch und wollte den Mann nicht kränken, aber sechs Franken waren mir doch zu viel. Ich versuchte, ihn in einem zwanglosen Gemisch sämtlicher romanischer Sprachen logisch zu überzeugen, daß seine Forderung entschieden zu hoch sei. Er gab mir einen Faustschlag vor die Brust, daß ich gegen den Wagen flog.

Ich schaute mich hilfesuchend um.

Mauzfies stand inmitten einer Schar der Seeräuber und warf, wild die Arme schwingend, mit den schauerlichsten italienischen Matrosenflüchen um sich. Die schöne Linie der klassischen Ruhe war ihm unbedingt abhanden gekommen.

Die Situation wurde bedenklich.

Dolche wurden gezückt.

Ich versuchte mich ebenfalls aufs Schimpfen zu verlegen und schrie ein über das andere Mal *»characho«* – das einzige italienische Schimpfwort, das mir in der Not einfiel und dazu noch spanisch war.

Mauzfies war besser daran als ich, er wußte gemeine Schimpfworte.

Da man mir mit einem kurzen Schlag von hinten den Hut über die Ohren trieb, wich ich der Brutalität und drückte dem Halunken haßerfüllt sechs Franken in seine schwielige Rechte.

Man ließ mich in den Wagen steigen. Ich fühlte mich nun einigermaßen geborgen und rief aus dem Fenster:

»Schutzmann!« Ah, das nutzt dir hier nichts. Krampfhaft strengte ich mein Gehirn an. Weder die französische noch die italienische Bezeichnung für einen Polizisten fiel mir ein. Ich rief auf gut Glück: *»Bersaglieri, Bersaglieri!«* Niemand nahm von mir Notiz.

Mauzfies, umgeben von der Gruppe gefährlich aussehender Gestalten, stand am Wagen. Aus den wilden Gesten entnahm ich, daß das Paket auf dem Omnibusdach zwischen den anderen Koffern sein mußte.

Mauzfies begann den Aufstieg, um sich persönlich zu überzeugen.

Das Vorhandensein von Gichtknoten an den Händen, wie sie Mauzfies hatte, ist noch lange kein Beweis dafür, daß ihr Inhaber kein gewandter Turner ist. Mauzfies war es nicht.

Von hinten gezwickt und gezerrt, gelang es ihm nach langem Würgen und Stöhnen endlich, auf dem Rade stehend, das Geländer des Daches zu packen.

Elastisch, wie die Jugend ist, lachte ich mich im Wagen halb kaputt über die komische Figur, die Mauzfies abgab. Ich habe, scheint es, doch kein gutes Herz.

Mauzfies stieß plötzlich einen Schrei aus.

Er hatte sein Paket gefunden, eingeklemmt, rücksichtslos eingeklemmt zwischen meinen Koffern. Wütend begann er eine neue Serie von Schimpfworten loszulassen. Einer der Marodeure fühlte sich verletzt, ging hin und zog Mauzfies an den Beinen. Mauzfies verlor den Halt auf dem Rade und zappelte, sich mit einer Hand krampfhaft am Gitter festhaltend, in der anderen Hand sein Paket, hilflos in der Luft.

Es sah verrückt aus. Ich barst vor Lachen.

Man hätte ihm Arme und Beine ausgerissen, wenn

nicht endlich doch noch ein *agent de police* der Szene ein Ende gemacht und Mauzfies aus der unangenehmen Lage befreit hätte.

»Die tierischen Instinkte dieser Naturmenschen haben etwas Michelangeleskes«, meinte er, als er sich ächzend auf die Wagenbank niederfallen ließ.

## IV.

Das Hotel l'Ingénieur war ein düsterer, hoher Bau.

Als ich durch das dunkele Tor in das Vestibül trat, hatte ich das Gefühl, hier kommt selten ein Reisender wieder lebendig heraus.

Aber das mußte man dem Hotel lassen, es wurde hier famos gekocht. Ein opulentes Mahl entschädigte uns einigermaßen für die vorausgegangenen Strapazen.

Ich saß an einem kleinen Tisch Mauzfies gegenüber und konnte mit einiger Genugtuung konstatieren, daß der Gute mit Vorliebe mit dem Messer aß, worin er es zu einer jongleurartigen Geschicklichkeit gebracht hatte.

»Ich speise so gerne von altem Sèvre-Porzellan«, sagte er und prustete mir dabei ein Stückchen Essen an die Backe.

»Ich speise so gerne hinter spanischen Wänden mit Watteau-Szenen«, erwiderte ich.

*Pâté de Merle,* eine korsische Spezialität, gab es unter anderem an diesem Abend.

Ich ließ ihm unklugerweise die Vorhand. Er sezierte die Pastete nicht untalentiert. Ich hatte bald die mir zukommende Amsel auf dem Schoß, während sein Stück lustig zwitschernd in hohem Bogen durch den Saal flog.

Es hat auch seine Nachteile, mit derartig berühmten Leuten zu verkehren.

»Lieben Sie die Maler der italienischen Renaissance?« fragte er, wobei ihm eine Fettperle übers Kinn auf den Gehrockaufschlag rann.

»Oh, wie ich diese großen Maler verehre!« erwiderte ich kauend und leuchtete mit den Augen.

»So kennen Sie das Bild der Giovanna Tornabuoni von Ghirlandaio, früher hing es in der Galerie Rudolf Kann zu Paris. Diese wunderbare Nackenlinie!« Entzückt schnalzte er mit der Zunge, und ich bekam einen leichten Pruster mit. »Göttliche Frauen des Cinquecento! Diese schmalen, knabenhaften Körper! Die Frauen von heute erinnern mich immer an die karikaturistisch verschnittenen Taxusbäume des Rokoko. Wissen Sie was«, setzte er schnell hinzu, »kommen Sie mit zur Herzogin Vizzerona-Forli!« Und er warf mir einen lauernden Blick zu, gleichzeitig mit dem echten und dem künstlichen Auge, der mich erschreckte.

Na, mein Freund, ich werde schon gut aufpassen, gelobte ich mir im Innern. Denn daß ich, trotz der nicht ganz geheuerlichen Begleitumstände zugreifen müßte, war mir klar. So verlohnte sich der ungemütliche Schwindel ja einigermaßen. Im übrigen: wenn er mich mitnahm, würde er es bei der Herzogin wohl zu verantworten wissen, mir konnte es egal sein. Ohne mich weiter zu besinnen, dankte ich mit allem gebotenen Überschwang für das Anerbieten und akzeptierte.

Nach dem Diner tuschelte er leise mit dem Kellner, der mich darauf, wie mir vorkommen wollte, mit einem gewissen Mitleid betrachtete. Dieser Kellner hatte ein glattrasiertes Gesicht und nur seitlich am viereckigen

Kinn ein ekelhaftes Bündelchen langer schwarzer Haare stehen lassen. Das machte mir ihn von vornherein unsympathisch.

Mauzfies schlug vor, noch ein wenig in die Stadt zu gehen.

»Jede Stadt hat im Nachtleben ihre eigene Note«, fügte er hinzu.

Passiert mir etwas, so hat meine Familie die Schererei – das Billett muß dann ein anderer abfahren – ich war mit dem Bummel einverstanden.

Wir zottelten durch dunkele enge Gassen und gerieten in ein *Café chantant* niedrigsten Ranges. Matrosen und sonstige übele Individuen bildeten das Publikum.

Auf der primitiven Bühne behauptete ein Ungetüm von einer Chansonette mit sonorem Organ, sie sei die Königin von Madagaskar, wozu ein Mann, in einem zerschlissenen Sammetwams, der aussah wie ein Nichts, Klavier spielte. Man hätte ihm, weiß Gott, die Hände absägen sollen.

Mauzfies bestellte Absinth für uns beide. *»La sorcière atroce«,* sagte er; »ich liebe sie. Flüssiger Opal!«

Ich mag dies Getränk nicht, es schmeckt mir nicht und bekommt mir schlecht, ich wollte mich aber nicht blamieren und trank das Gift in großen Zügen.

Mauzfies' natürliches Auge hing an der Sängerin, es begann zu schillern.

Die Königin von Madagaskar machte einen letzten gigantischen Hupfer – mir kam es vor, als hätte man ein Klavier aus dem vierten Stock herabplumpsen lassen – und verduftete von der Bühne.

Mauzfies wetzte auf seinem Sitz hin und her, rief den Kellner und flüsterte ihm etwas ins Ohr.

Nach der Chansonette kamen drei Mädchen, die, obgleich sie sich *les trois belles de New York* nannten, sehr übel aussahen. Sie waren äußerst kurzatmig, was sie aber nicht hinderte, einen englischen Niggergesang unter erheblichem Beingeschmeiß abzukreischen.

Auf einem neben der Bühne angebrachten Plakat wurden die verehrten Gäste gebeten, nicht auf die Bühne zu klettern. Das Verbot hatte seinen guten Grund. Man mußte wirklich an sich halten, um nicht oben mit einigen kräftigen Faustschlägen dazwischenzufahren.

Ich trank wie ein Hafenarbeiter Absinth und wurde sehr rasch betrunken, grölte laut, während man oben sang, und amüsierte mich auf meine harmlose Weise. Kein Mensch nahm mir das übrigens übel.

Mauzfies hatte sich leise entfernt. Er saß in einer Ecke mit dem trojanischen Pferd von einer Chansonette, vor sich auf dem Tisch Sekt.

Ich hatte mich müde gegrölt, ich wurde traurig. Nachdem ich so viel bezahlt hatte, daß sich zwölf starke Männer dafür an Absinth gut hätten tottrinken können, wankte ich aus der Stätte dieser eigenartigen Lustbarkeiten.

Ein menschenfreundlicher Polizist griff mich irgendwo auf und gab mich am Hotel ab.

Ich stand stumpf in dem schwach erleuchteten Vestibül. Von irgendwoher kam eine Gestalt mit zugeklebten Augen und einer Kerze und führte mich kreuz und quer viele Treppen hinauf in mein Zimmer.

Ich begann mich auszuziehen, drehte mechanisch noch die Uhr auf, warf mich, von der bleiernen Müdigkeit überwältigt, auf das Bett, das in holländischer

Weise in die Wand eingelassen war. Sofort verfiel ich in einen todähnlichen Schlaf.

Ich weiß nicht, wie lange ich geschlafen hatte – es war noch total finster –, als ich durch ein seltsames Ächzen und Stöhnen dicht neben mir wach wurde. Entsetzt horchte ich auf das unheimliche Geräusch. Es war keine Täuschung, jemand stöhnte in meiner dichtesten Nähe. Ich sprang aus dem Bett und tastete auf dem Nachttisch nach den Streichhölzern, wobei ich meine Uhr herunterwarf. Ich erwischte die Streichholzschachtel, die mir natürlich bei dem Versuch, ein Zündholz anzustecken, geöffnet zu Boden fiel. Das Stöhnen wurde stärker. Mir stand der Alkoholschweiß auf der Stirn. In meinem Zimmer geschah etwas Furchtbares. Zitternd tastete ich auf dem Boden umher und erwischte endlich ein Streichholz und die Schachtel, worauf es mir gelang, Licht zu machen.

Erzählungen kamen mir in den Sinn, die ich in meiner Jugend gelesen hatte: von Reisenden, die nachts in einsamen Gasthäusern von den Wirtsleuten überfallen und beraubt und nie wieder gesehen wurden, nie wieder. Der bedeutsame Blick des Kellners, das unheimliche Schrankbett – meine Ahnungen beim Betreten des Hauses hatten mich nicht getrogen.

Eine Waffe!

Mein Revolver war unglückseligerweise auf dem Grund eines der drei Koffer verpackt.

Das Stöhnen wurde von einem kurzen, unartikulierten Aufschrei unterbrochen.

Was tun? Ich strengte meinen Absinthschädel an. Ich war kein Hüne. Man hatte mir aber bei Gelegenheit wirksame Jiu-Jitsu-Griffe beigebracht. Ich übte in aller

Todesangst mit der rechten Hand die linke Hand des Gegners packen und über den linken Arm – nein, das war falsch. Ah – einen kurzen Schlag mit der flachen Hand in die Kehlkopfgegend – das war richtig.

Ich faßte mir ein Herz. Aus der Gegend meines Bettes kam das Geächze. Bebend leuchtete ich in den Alkoven, in dem mein Bett eingelassen war. Eine Tür schloß ihn nach der Wandseite ab. Sie war halb geöffnet, was mir in meinem betäubten Zustande, als ich mich niederlegte, entgangen war. Hinter der Tür wurde gestöhnt. Ich nahm meinen ganzen Mut zusammen, drückte die Tür ein wenig auf und leuchtete durch den Spalt.

Ich hatte mich auf ein schreckliches Bild gefaßt gemacht – auf eine blutüberströmte Gestalt, stöhnend auf dem Boden liegend, oder so etwas.

Mein erster Blick beruhigte mich.

Das Nebenzimmer hatte den gleichen Alkoven, und darin stand ebenfalls ein Bett. Zwischen beiden Betten war lediglich die besagte Tür.

In diesem Bett nun lag jemand, ein korpulentes Etwas. Von ihm ging das gräßliche Ächzen aus. Es wurde augenscheinlich von einem schauerlichen Traum gequält.

Ich zog die Tür zu, fest zu – und schob den Riegel auf meiner Seite vor – recht fest.

## V.

Schlaftrunken blinzelte ich in das von der Sonne erhellte Zimmer.

Was war das?

Eine alte Frau, wie die böse Hexe aus dem Märchen,

stand im Zimmer und machte sich an der Kommode zu schaffen.

Ich lag wie gebannt, rührte mich nicht.

Die Alte nahm etwas aus der Kommodenschublade und verließ mit müden Schritten das Zimmer.

War es ein Spuk, der mich narrte?

Ich hatte mich von meinem Erstaunen noch nicht ganz erholt, da öffnete sich die Tür wieder, ein langer, hagerer Mann in Hemdsärmeln und herabhängenden Hosenträgern ging geheimnisvoll an den Kleiderschrank, legte hastig einige Kleidungsstücke über den Arm und verschwand hinaus, lautlos, wie er gekommen.

Ein eigenartiger Hotelbetrieb.

Ich sprang aus dem Bett.

Abermals ging die Tür, ein kleines Mädchen mit Triefaugen und einer Crèmenase trippelte ins Zimmer. Husch husch eilte es an den Waschtisch, biß ein Stück von meiner Seife ab, kam dann auf mich zu und gab mir dankend seine feuchte Hand. Mit vollen Backen die Seife kauend eilte es hinaus.

Seltsames Land, dieses Corsica. Seltsame Gebräuche.

Ich konnte mich nicht erinnern, in letzter Zeit E. T. A. Hoffmann gelesen zu haben.

Der verdammte Absinth! Mein armer Schädel!

Ich steckte den Kopf in die Waschschüssel. Es zischte laut – dann wurde mir ein wenig besser.

Ich war neugierig, wie Mauzfies sich fühlte. Zu meiner Verwunderung hörte ich, daß er überhaupt noch nicht ins Hotel zurückgekommen sei.

Sollte ihm etwas zugestoßen sein? – Ich beschloß, vor allem gründlich zu frühstücken.

Es war bereits 11 Uhr geworden.

Ich hatte gerade ein Stück gebackenen Fisch im Mund, als sich die Tür auftat und Mauzfies eintrat.

Er hatte die Weste mit dem Rock verknöpft, sonst fiel mir nichts an ihm auf.

»Rubens – Rubens hat bestimmt auch seine Meriten, nur ist der Gedanke an seine Fülle in wärmeren Himmelsstrichen etwas strapaziös«, grinste er, verlangte Teller und Besteck und stach mit dem Messer auf den Fisch ein.

»Nach dem Frühstück gehen wir zur Herzogin«, bestimmte er nach einer Weile mit vollem Munde.

»Ja, aber – –?« Ich murmelte etwas von Toilette machen.

»Ihre unverfälschte Begeisterung für die Schönheiten der Kunst gefällt mir«, sagte er, meine Anrede überhörend. »Sie tragen die große Sehnsucht in sich. Sie leiden am Ekel vor dem Alltag. Durch Botticelli werden Sie ihn überwinden.«

»Zu Rubens raten Sie mir also nicht, Meister?«

Und sofort senkte ich den Blick in den Schoß.

Das war doch immer ein verteufelt unangenehmes Gefühl, wenn er mich ansah. Ich nahm mir vor, nie, aber auch nie wieder mit einem Glasäugigen zu reisen. Man wird einfach verrückt dabei. Man ist in einer beständigen Ungewißheit, verliert allen Halt.

Den Revolver wollte ich jedenfalls einstecken. Natürlich fand ich ihn erst im letzten Koffer.

Bei dem Kellner mit der Fliege am Kinn erkundigte ich mich nach dem Schloß der Herzogin.

»Da wollen Sie hin?« rief er mit schlecht verborgenem Entsetzen.

»Jawohl, wenn Sie nichts dagegen haben. – Wie weit rechnet man?«

»Sie wollen zur Herzogin – mit ihm?« fuhr er verstört fort, indem er mit dem Daumen nach dem Speisesaal deutete.

Kopfschüttelnd ließ er mich stehen und verschwand irgendwohin.

Zurück konnte ich nicht mehr.

An der Saaltür prallte ich mit Mauzfies zusammen, der sein unvermeidliches Paket unterm Arm hatte.

»Wir müssen aufbrechen, die Herzogin ist nicht gewohnt zu warten.«

»Aber der Weg?« meinte ich zaghaft.

Ungerührt schritt er fürbaß, und ich trottete willenlos durch die steilen Gassen hinter ihm her.

»Da«, sagte er, als wir die bekanntlich amphitheatralisch ansteigende Stadt hinter uns hatten, und zeigte auf ein großes weißes Gebäude, das weit in der Ferne auf einem Bergvorsprung thronte.

In der südlichen Sonnenhitze eine liebliche Perspektive.

Hätte ich mich nur auf nichts eingelassen. Und wenn mir nun zu allem auch noch etwas passiert? Wer weiß, was das für eine Sorte Herzogin ist.

Ich dachte an meine armen Angehörigen. Ich hatte gelesen, daß man das in solchen Lagen immer tut. Mir fiel aber ein, wie gleichgültig ich den Leuten zu Hause und diese mir waren.

Glühend schien die Sonne auf uns herab.

Zuweilen blieb Mauzfies stehen, schaute nach Bastia zurück und lächelte leise vor sich hin. Wohl in Erinnerung an die Erlebnisse der vergangenen Nacht.

»Kennen Sie die *Venus Kalipygos?*« fragte er plötzlich schnaufend. »Denken Sie sie sich mit sechs potenziert.«

Ich hatte gar keine Lust, mir etwas so Kompliziertes zu denken, zog meinen Rock aus und wanderte unverdrossen weiter durch die Glut.

Ich Kamel, mich auf diese Sache einzulassen.

Wir marschierten auf einer in den Felsen eingeschlagenen kahlen Straße voll spitzer Steine, die im Bogen um den Fuß des Bergvorsprungs herumführte, auf welchem das Schloß lag. Und bald begann die eigentliche Hauptstrapaze, da Mauzfies sich eigensinnig darauf versteifte, ein Stück Weg abzuschneiden.

»Die Herzogin ist ein Märchen aus dem sechzehnten Jahrhundert«, flüsterte er mir auf einmal ins Ohr.

Es lag gar kein Grund vor, zu flüstern. Er wollte nur Atem schöpfen.

Weiter ging die Kletterei.

»Ich laufe mir todsicher die Füße durch. – Hätten wir doch bloß einen Wagen genommen!« murrte ich vor mich hin.

Er antwortete nicht.

Ich konstatierte mit Vergnügen, daß ihm der Schweiß in Strömen über die Stirn rann, jeden Augenblick wischte er sich mit dem Rockärmel übers Gesicht.

Er verpustete einen Augenblick.

Wir hatten schon eine ordentliche Höhe erreicht. Bastia lag tief unter uns im Sonnenbrand. Weithin glänzte der Azur des Ligurischen Meeres. Wie ein Hauch schwamm im Duft des Horizonts die Insel Elba.

»Nicht nur, daß unsere Kleidung den einfachsten Regeln der Hygiene nicht entspricht, sie ist auch unschön«, sagte Mauzfies und begann sich zu entkleiden.

Mit maßlosem Erstaunen verfolgte ich sein Beginnen.

Die denkwürdige Unterhose wurde vorsichtig über die Zugstiefel abgestreift und behutsam zu einem Bündel zusammengerollt. Befriedigt zog er sich dann wieder an und setzte den Aufstieg fort.

»Eine eigenartige Tönung hat Ihre Unterhose«, bemerkte ich.

»Sehr haltbares Gewebe. Ich kaufte sie vor Monaten in Athen; ich möchte sie nicht entbehren«, meinte Mauzfies mit einem Anflug von Stolz. »Sie gibt sehr warm, darum ziehe ich sie beim Aufstieg aus«, fügte er erklärend hinzu.

Der Ästhet Mauzfies, in der einen Hand die zusammengeknüllte Unterhose, in der anderen Hand das Waschfrauenpaket – ich mußte noch mal eingehend den Kopf schütteln.

Na, die Herzogin wird Augen machen.

Um vier Uhr hielten wir endlich schweißgebadet vor dem Parktor des herzoglichen Schlosses. Aus einer Rosette des schmiedeeisernen Torbeschlags schaute ein kleiner bronzener Schlangenkopf hervor. Mauzfies schien Bescheid zu wissen. Er berührte nur kurz den Schlangenkopf.

Mir klopfte das Herz.

Das Tor ging plötzlich auf und – –

Wahrhaftig, die Sache fing ja allerlei versprechend an.

Ein herkulisch gebauter dunkelfarbiger Mensch in einem violetten indischen Seidengewand und einem mit einer goldenen Agraffe geschmückten Turban stand vor uns, majestätisch wie ein Radscha.

Während ich noch ganz verdattert die pompöse Erscheinung anstarrte, riß Mauzfies ein Blatt seines Notizbuches heraus, auf das er schnell etwas gekritzelt hatte, und überreichte es.

Der Diener führte uns in einen Pavillon nahe bei dem Tor, worauf er abging.

Gesprochen hatte er keinen Ton.

Wir befanden uns in einem mittelgroßen Gemach, dessen Decke, Wände und Boden mit einem glatten Überzug von jenem wunderbaren, in Farbe und Schmelz einzigartigen Porzellan, wie es nur Kopenhagen hervorbringt, bedeckt war. Die wenigen Sitze zeigten das gleiche kostbare Material. Aus versteckten Spalten kamen Staubduschen eines schweren Parfüms, im Augenblick waren wir von dem betäubenden Duft völlig durchtränkt.

»Wir riechen der Herzogin offenbar nicht gut genug«, unterbrach ich das Schweigen.

»Erinnert nicht Kopenhagener Porzellan an die Nocturnes von Whistler?« fragte Mauzfies leise, aber strenge zurück. »Ich sage Ihnen, hier wurde ein Opiumrausch zur Wirklichkeit.«

Ehe ich hierzu etwas Passendes bemerken konnte, erschien der violette Mann wieder und begann mit Mauzfies des längeren zu flüstern. Jeder laute Ton war hier anscheinend verpönt.

Durch schmale Fenster sah man in den Park. Kein Windhauch bewegte die Wipfel der großen Eukalypten, die eine ausgedehnte blühende Asphodeloswiese begrenzten. Müde nur streute eine Magnolie ihre Blätter zu Boden.

Mir war in Verbindung mit dem verdammten schweren Duft nicht ganz wohl zu Mute. Ich war ja noch so jung und schritt da in ein Abenteuer hinein, dessen Ende sich nicht im entferntesten übersehen ließ.

Mauzfies nahm mich beiseite und raunte mir zu:

»Wunderbares werden Sie erleben. Reden Sie unter keinen Umständen, befolgen Sie genau, was ich Ihnen sage. Die Herzogin wünscht uns nicht zu schauen. Sie ist so sensitiv, daß sie irgend etwas Unschönes in der Erscheinung eines fremden Besuchers nicht zu ertragen vermöchte. Sie werden sich also im Hintergrund halten, achten Sie genau auf mich!«

Ah, das war stark. Ich unschön? Am liebsten hätte ich Mauzfies an die schmierige Weste getreten.

Der Turbankerl winkte, und wir traten in einen matt erleuchteten Gang, der sich hinter einem weißgrauen Batikschal mit blauen Arabesken öffnete.

## VI.

Dicke Teppiche dämpften unsere Schritte.

Jetzt öffnete der vorangehende Diener eine massive Bronzetür. Eine Kuppelhalle von unerhörten Dimensionen umfing uns, erfüllt von einem opalschillernden Licht, unter dessen stumpfem Glanze alle Dinge den Schein der Wirklichkeit verloren.

Zwischen Palmen und kaktusartigen bizarren Pflanzen lag ein tiefblaues Wasser. Ein silberfarbener Kahn fuhr langsam und lautlos auf uns zu, ihn lenkte ein nackter Knabe von griechisch-klassischem Ebenmaß.

Ob ich wollte oder nicht: ich war glatt erschlagen von dieser Feerie.

Indes, zum Gaffen blieb keine Zeit. Wir stiegen auf Marmorstufen zum Wasser hinab, und der Kahn brachte uns hinüber an eine zweite Marmortreppe. Er glitt von einer unsichtbaren Kraft getrieben dahin. Der schöne Fährknabe stand einer Statue gleich aufrecht hinter uns und träumte ins Grenzenlose.

Willenlos, wie benebelt, saß ich auf meinem weichen Pfühl mit großen Goldtroddeln.

Erst als wir ausgestiegen waren und der schöne Fährmann mit jener charakteristischen Gebärde Douceur heischend mir die Hand hinstreckte, kam ich wieder etwas zu mir. Ich drückte ihm in der Verwirrung, da ich kein kleines Geld bei mir hatte, eine Aspirintablette in die Hand.

Halb verwischt drang von weitem eine seltsam feierlich chromatische Musik an unser Ohr.

An großen Chinavasen vorbei, aus denen schillernde Orchideen mit fleischigen Gliedern hervorkrochen, führte uns der Diener bis zu einem goldgewirkten Vorhang und verschwand.

Ich erschrak, denn ich bemerkte plötzlich, daß im Schatten zwischen den Vasen in blaue Seide gehüllte indische Geschöpfe kauerten, sie hielten flache Schalen aus Bernstein vor sich, und auf diesen Schalen ringelten sich dünne gleißende Schlänglein.

Wie leicht kann da was passieren.

Die Orchideenblüten schienen in dem opalfarbenen Licht, das auch hier von einer unfaßlichen Quelle ausging, je länger ich hinsah, wie wollüstig zuckend um sich zu fühlen.

Mauzfies stand versunken in den Anblick einer Herme des Dionysos.

Der schwere Vorhang wurde zurückgeschlagen – wir traten in das Gemach der Herzogin von Vizzerona-Forli.

Ambradüfte entstiegen in feinen Streifen einem seltsamen juwelenbesetzten Gefäß. Das war das erste, was ich wahrnahm, während wir im Halbdunkel standen.

In einiger Entfernung von uns lag auf einem monumental geformten Ruhebett, auf orientalischen Schals und kostbaren Fellen eine zarte Frauengestalt in schneeigem Musselin, das Gesicht verschleiert, – die Herzogin.

Ein seitlich durch einen Paravent verstellter Leuchter warf ein gedämpftes, ungewisses Licht über das Lager.

Seidenweiche Teppiche schmiegten sich um unsere Füße.

Eine fabelhafte Stimmung. Ich kam mir ordentlich körperlos, wie aufgelöst vor. So etwas hatte ich mir selbst in meinen phantasievollsten Pennälerjahren nicht träumen lassen. Aber ein klein wenig heller hätte es schon sein können.

Die Musselingestalt lud mit einer schmalen, elfenbeinweißen Hand müde zum Platznehmen ein.

Ich ließ mich auf gut Glück in das Dunkel nieder und hatte die Befriedigung, auf irgend etwas Wolliges zu geraten, auf dem sich sitzen ließ.

Eine matte Stimme hauchte: »Mauzfies« und noch etwas, das ich nicht verstand.

Das war die Begrüßung.

Die matte Stimme hauchte weiter: »Botticelli – Venedig – Gottesdienst – – ewige Schönheit.«

Mauzfies starrte gebannt auf die Herzogin, rührte sich aber nicht. Deutlich sah ich eigentlich nur sein Surrogatauge, das noch größer geworden und zu phosphoreszieren schien. Ich mußte flüchtig an das einsam aus der Höhe herniederschauende Auge Gottes in der griechischen Kapelle zu Wiesbaden denken. Unwillkürlich faltete ich die Hände.

»Marion Denis!« Langsam hob die Herzogin den Arm und berührte ein silbernes Glockenspiel. Gespensthaft geräuschlos und gemessen trat ein hoher bleicher Mann in wallendem Purpur an ihr Lager.

Der Herzogin Stimme: »Gabriele Rossetti!«

Der Mann in Purpur verneigte sich leicht, schritt an einen Ebenholzschrein und entnahm ihm ein kostbar gebundenes Buch.

Wieder zitterte der Silberklang des Glockenspiels durch den Raum.

Aus dem mystischen Dunkel lösten sich geschmeidig fünf braune nur mit einem orangefarbenen Schurz bekleidete Epheben. Auf der Stirn eines jeden hing an einem dünnen goldenen Kettchen ein giftig schillernder Smaragd. Die ringgeschmückten Hände hielten seltsame, aus Elfenbein geschnitzte Saiteninstrumente.

Mit verschleierter Stimme begann der Purpurmann jenes wunderbare Sonett Rossettis auf Venedig vorzutragen, und mit leisen Akkorden begleiteten ihn die Jünglinge.

Die Fürstin hatte sich zurückgelehnt, gab sich völlig der Stimmung hin.

Ich wagte kaum zu atmen. So etwas gab es auf der Welt? Niemand würde es mir glauben, wenn ich es später erzählte.

Mauzfies war dicht neben mich gerutscht. Eine Hand krampfte sich in meine Schulter.

Das Sonett ging zu Ende, die Töne verklangen. Die Künstler zogen sich zurück.

Die Herzogin richtete sich auf.

»Sie kommen von Griechenland, Professor Mauzfies«, flüsterte sie und schaute in die Richtung, wo sie Mauzfies vermutete. »Erlebten Sie Thessalien – sahen Sie im Morgengrauen zwischen Zypressen Waldgötter spielen?«

Mein Blick suchte Mauzfies' Athener Unterhose, die er noch immer zusammengeknüdelt unterm Arm haben mußte.

»Beethoven erlebte ich in Griechenland«, flüsterte Mauzfies zurück.

»Als Arier schrieben Sie Ihre ästhetischen Maximen. Auf bernsteinfarbenem Pergament ließ ich handschriftlich in gotischen Majuskeln ein Exemplar herstellen. Es ruht unter den Schätzen meiner Bibliothek.«

Diese Rede hatte die Kraft der Herzogin erschöpft. Sie sank in die Polster zurück.

Ich bekam Stiche in den Kopf von dem Räuchergefäß, das unmittelbar neben mir stand. Mauzfies hauchte: »Griechenland, nun wohl – aber nach Griechenland Venedig!«

Die Herzogin hob den Kopf und seufzte elegisch:

»Tränen von Göttern geweint,
Wurden Venedigs Kristall.«

Mauzfies brachte sein Aperçu an: »Venezianisches Glas ist für mich Mozart.«

Die Silberglocke ertönte, und der Purpurmann trat aus dem Hintergrund vor seine Herrin, von der er einen neuen Auftrag empfing. Kaum hatte sich die Portiere hinter ihm geschlossen, als zwei schlanke Frauen erschienen. Sie trugen das Kostüm Venedigs um das Jahr 1500, weiß stachen die Stirnen von dem goldgefärbten, glattgescheitelten Haar ab. Einem Bilde Veroneses schienen sie entstiegen.

Mehr schwebend als gehend, stellten sie vor uns einen ovalen Tisch aus Onyx, auf dem eine Sammlung der deliziösesten alten venezianischen Gläser standen, und verschwanden, wie sie gekommen.

Es war, als ob diese Kostbarkeiten Eigenlicht besäßen, aus sich selbst leuchteten. Obwohl sie im Dunklen standen, konnten wir sie doch genau betrachten. Ich hielt den Atem an aus Furcht, die zarten Gebilde zu zerstören, dabei litt ich unter der quälenden Einbildung, daß ich heftig niesen müsse – niesen – niesen.

Mauzfies geriet in Ekstase beim Anblick der Gläser, er schnaufte.

Unterdessen waren die fünf Jünglinge wieder hervorgekommen. Sie hatten jetzt andere, geigenähnliche Instrumente, aus zitronengelbem Holz verfertigt. Eine anmutvolle Polonaise vieler kleiner Frauenfüßchen in hohen Stöckelschuhen tänzelte über den Marmorestrich eines Palazzos der Lagunenstadt. In eine wehmütige Melodie gingen die Klänge über, ein Drawida klagte in blauer Gangesnacht um seine gestürzten Götter. Und abermals wechselte die Weise, ein Liebesfrühling blühte auf, köstlich duftig, ein Pastell in Tönen. Dann plötzlich ein wilder, brünstiger Schrei, ein toller Reigen, aufjauchzend in orgiastischer Lust.

Ich fühlte neben mir Mauzfies vor Erregung zittern. Er wußte nicht wohin mit seinen beiden Paketen und schob das Unterhosenbündel vor sich auf eine freie Stelle des Onyxtisches. Mit grotesker Zärtlichkeit glitten seine klobigen Finger über die venezianischen Gedichte. Wie ein widerliches Tier rollte die Unterhose auf und streckte ihre entsetzlichen Fänge nach den gläsernen Märchenblumen aus.

Die Musik schloß mit einem grellen Mißton, der noch eine Weile in der Luft hängen blieb.

Der Schein der Gläser verlosch. Der ganze Tisch, samt Gläser und Unterhose versank in Dunkelheit.

»Schauen Sie dorthin«, bat es vom Ruhebett her, und der Herzogin weiße Hand wies zur Seite. »Lena Griffi, *meretrix onesta*!«

Wir prallten beide zurück.

Aus einer Nische lächelte wahr und wahrhaftig, lichtüberflossen, jene venezianische Hetäre, jene große Sünderin und Lebenskünstlerin, die einen Borgia zu beherrschen vermochte, ihr verführerisches Lächeln.

Mir stand der Verstand still. Ich kniff mich ins Bein, um nun endlich zu wissen, ob ich wachte oder träumte, und schrie wahrnehmbar: Au!

Mauzfies junkste wie ein junger Hund.

Von irgendwoher sprach die verschleierte Stimme des Purpurnen ein Sonett von Petrarca.

Leises Klingen von Vorhangringen, und fortgewischt war die Signorina, ein vorübergehuschter Spuk. Totenstille, nur unterbrochen von dem schweren Atem Mauzfies'. Ich rieb mir die Augen.

Und aufs neue klang die Silberglocke.

Ein blondgelockter Page bot uns auf goldenem Tablett kleine, aus Jaspis geschnittene Schalen an, worin je eine schwarze Pille lag.

»Wer eine Girandole der ewigen göttlichen Schönheit erlebt, kehre nie zurück in den Schmutz der Welt«, tönte hauchhaft der Herzogin Stimme.

Ich flüsterte Mauzfies zu: »Nach Ihnen!«

Er machte eine wütende Bewegung, nahm eine Pille nebst Schale und steckte beides in die Tasche.

Ich folgte seinem Beispiel.

»Es wird Nacht – ich fühle das Nahen der Nacht. Marion Denis. Man bringe mir auf dem Onyxtisch Verrocchios Wunder her, daß ich die Königin der Adria mit der Seele suche.«

Wir waren von der Herzogin Gonzo di Vizzerano-Forli entlassen.

Ein Vorhang rauschte quer durch das Gemach, und hatten wir uns bisher im Finstern befunden, so befanden wir uns nunmehr mit einem Male im Stockfinstern. Erschreckt tastete ich vor mich hin, dabei fuhr ich Mauzfies in den Mund, den er, als wenn er gähne, weit aufgerissen haben mußte.

Aber schon stellte sich der violette Diener ein, mit einer altertümlichen, hochstieligen Laterne bewaffnet. Wir folgten ihm durch einen langen, engen Marmorgang, einen richtigen Darm von Marmor, der schier kein Ende nahm. Mauzfies wankte vor mir her wie ein Betrunkener, und auch ich fand mich merklich unsicher auf den Beinen. Das also war das Schloß der Herzogin von Vizzerona-Forli, das die Herzogin Gonzo di Vizzerona-Forli selber. So so! Und das Leben hatte es nicht gekostet. Endlich tat sich eine Tür auf, wir traten ins Freie, in die Abendsonne, standen vor der Parkmauer.

Na, das war ja glücklich überstanden.

Ich wollte mich bei dem Diener noch bedanken, als er bereits verschwunden war und die Tür ins Schloß fiel.

Wir sahen unter uns wieder Bastia liegen und das Ligurische Meer und begannen, ohne ein Wort zu sagen, den Abstieg.

Nachdem wir eine gute Stunde gegangen sein

mochten, brach Mauzfies das Schweigen: »Das Mädel hatte dolle Hüften!«

Ich war baff. Ich hatte überhaupt nur etwas Weißes gesehen, das leise sprach und sehr zerbrechlich schien. Außerdem fand ich es gerade von Mauzfies höchst merkwürdig, von der Herzogin als von einem Mädel zu reden.

»Die Herzogin – dolle Hüften?« fragte ich gedehnt.

»Tor – die Königin von Madagaskar!« erhielt ich zur Antwort.

Der Mann war unbedingt verrückt.

Im übrigen fiel mir auf, während ich ihn unauffällig von der Seite musterte, daß er nur sein Zeitungspaket bei sich hatte.

Feixend erkundigte ich mich, wo er seine Unterhose habe.

Er erbleichte sofort.

»Jetzt habe ich die im Schloß vergessen! Himmel! Herrgott! Wo da nur?«

»Zwischen die venezianischen Gläser haben Sie sie geschoben.«

»Recht – – wissen Sie, Sie können mir einen Gefallen tun.«

»Mit Vergnügen«, antwortete ich wohlerzogen.

»Gehen Sie, bitte, zurück«, – wir waren unterdessen ziemlich am Fuße des Bergvorsprungs angelangt – »und holen Sie die Hose.«

»Nicht um alles in der Welt!« schwor ich. »Die alte, dreckige Hose können Sie doch gut im Stich lassen.«

»So, den Gefallen wollen Sie mir nicht tun? Heranschmarotzen an mich konnten Sie!« Er wurde blau vor Wut und hielt mir drohend die Faust vor die Nase. »Ich habe mich gründlich in Ihnen getäuscht, Sie Flegel!«

»Nun«, sagte ich kalt, »was die Flegelei angeht, so ist sie wohl mehr auf Ihrer Seite. Und ein unglaublicher Schmierfink sind Sie nebenbei auch.«

Er warf einen Stein nach mir.

Ich zog meinen Revolver und zielte auf sein Glasauge. Es hatte mich, weiß Gott, genug geniert.

Mit einem großartigen Pathos, als ob er aus irgendeinem biblischen Felsen Wasser schlagen wolle, erhob er die Hand.

Und noch einmal unterlag ich der Suggestion dieses leblosen starren Auges. Ich ließ die Waffe sinken.

Er drehte sich um und kletterte den Hang hinauf. Die Kammgarnhose war ihm über die Strippe des linken Zugstiefels gerutscht, die Mütze mit dem Zelluloidschirm saß zornig im Nacken. Er glich einem Bergtroll. Geröll prasselte zu Tal.

Ich hatte zuviel erlebt, langsam döste ich nach Bastia.

## VIII.

In der Nacht träumte ich ziemlich stürmisch von einer Musselingestalt. Dann war plötzlich mir nichts dir nichts Lena Griffi daraus geworden. Sie lächelte, lächelte, bis mit einem Mal ihr sündhaft schönes Gesicht sich angstvoll verzerrte. Dumpfe Kanonenschläge ließen das Schloß in seinen Grundfesten erzittern.

»Der schreckliche Pasquale Paoli!« flüsterte die Hetäre. »Er wagt es, seine Vaterstadt zu beschießen!« Sie verbarg den Kopf unter der Decke.

»Verdammte Antizipation!« rief ich, wütend über die Störung – und erwachte.

»Geben Sie gefälligst Ruhe!« sagte dicht neben meinem Bett hinter der Tür eine schleimige Stimme auf italienisch.

»Maul halten!« erwiderte ich schlaftrunken und deutsch.

Es war schon wieder hell.

Gerade wollte ich nach der Uhr greifen, als der Hausknecht mit dem Nußknackergesicht und der grünen Schürze geräuschlos, als ob er auf Filztappen gehe, ins Zimmer trat. Meine Stiefel, die wie überirdisch glänzten, auf den Handtellern vor sich haltend, machte er langsam sechsmal die Kniebeuge.

Zum Teufel, ich hatte doch abgeschlossen, ehe ich mich schlafen legte. Ich richtete mich auf. Der Hausknecht lächelte, lächelte, stellte meine Stiefel oben auf den Kleiderschrank und verschwand.

Diesmal hatte ich ja keine Absinthorgien hinter mir.

Das waren Hotelsitten, mit denen man sich offenbar abfinden mußte.

Aber der entzückende Traum war nun einmal zu Ende und erfahrungsgemäß nicht wieder einzufangen. Ich entschloß mich aufzustehen. Mauzfies fiel mir ein, da ich gähnend in die Unterhose schlüpfte. Ob er die seinige zurückerlangt hatte? Und wo mochte er stecken?

Natürlich standen meine Stiefel nicht auf dem Schrank, sondern draußen vor der Tür, miserabel geputzt.

Oh, der Tag sollte mir noch mancherlei weitere Überraschungen bringen. Wer stellt sich den Schrecken vor, der mich erfaßte, als ich beim Frühstück, ahnungslos den Petit Bastiais überfliegend, las, die Herzogin Gonzo di Vizzerona-Forli habe am verflossenen Abend gegen sieben Uhr der Schlag getroffen.

Der traditionelle Bissen blieb mir prompt im Halse stecken.

Gegen sieben Uhr – – um diese Zeit ungefähr waren wir von ihr fortgegangen.

Scheußlich! Scheußlich!

So kann man schlicht am unverhofften Anblick einer alten Jägerunterhose sterben, die einem nicht einmal zugehört.

Übrigens hatte die Herzogin das immerhin reife Alter von vierundfünfzig Jahren erreicht. Dafür war sie wirklich noch recht rüstig gewesen.

Der Kellner mit der widerlichen Fliege am Kinn besaß die Frechheit, sich nach meinem Freunde zu erkundigen. Nachdrücklich bedeutete ich ihm, daß von irgend welcher Freundschaft zwischen mir und Professor Mauzfies keine Rede sein könne. O nein! Von dem Gedanken, einmal mit dieser Bekanntschaft zu renommieren, war ich gründlich geheilt. Ob denn der Herr etwa seine Rechnung nicht beglichen habe? fragte ich. Doch er habe gezahlt – *certainement!*

Außer seiner landschaftlichen Szenerie bietet Bastia wenig Sehenswertes. Mit der Marmorstatue Napoleons ist man schnell fertig, und die Besichtigung französischer und italienischer Zitadellen läuft selten ohne Scherereien ab, die sich nicht verlohnen. Nachdem ich eine halbe Stunde planlos und ziemlich gelangweilt über die Promenade gebummelt war, entsann ich mich plötzlich, daß die Stadt in Anbetracht der häufigen gewaltsamen Todesfälle ja wohl auch ihre Morgue haben müsse. Mag sein, daß ich im Vorbeigehen mit halbem Ohr unter zwei sich begrüßenden Corsen das Wort *Morgue* fallen hörte. Gleichviel, der Gedanke hatte sich in mir festgehakt. Für gewöhnliche, gut bürgerliche Leichen habe ich kaum etwas übrig, schon gar nicht kurz vor dem Diner, aber eine Morgue ist unbedingt eine Sache für sich. Morgue, das klingt so düster, so romanhaft unheimlich nach der Schattenseite des menschlichen Daseins. Es war einer jener Einfälle, die einen gleichsam überfallen, die einem später wie ein dunkler Drang erscheinen und deren geheimnisvoller Kraft man gefolgt ist, man weiß nicht, wie es kam.

Ich ahnte nicht, während ich mich zu Recht fragte, was mich erwartete.

Drei Tote lagen in dem Gewölbe, eine Frau und zwei Männer. Nahm man hier den Hut ab? zögerte ich im Eingang. Sicher ist sicher, sagte ich mir und entblößte den Kopf. Ehe ich aber noch couragiert näher treten konnte, prallte ich heftig zurück, sehr heftig. Abseits lag noch eine vierte Leiche, und ein großes, starres Auge glotzte mich an, ein Auge, das ich nur zu gut kannte und das sich nie und nimmer zudrücken ließ.

Etwas wie Übelkeit überkam mich.

Der Raum, kahl, kalt und trostlos verwahrlost, hatte wirklich nicht die geringste Ähnlichkeit mit einem Vergnügungslokal.

Armer Mauzfies. Er mußte aus dem Wasser gezogen worden sein. Armer Aesthet! Dies dein Ende! Nein, nein, es war kein Ende in Schönheit!

Da konntest du dich gestern noch an Alt-Venedigs Glaswundern berauschen, eine Girandole erlesenster Kultur mit all der Begeisterung erleben, die dir eigen war, und heute hausest du, eine unbekannte Wasserleiche, in der schmutzigen Totenspelunke der kleinen, schmutzigen Stadt Bastia.

Tote darf man unter allen Umständen duzen. Es ist ein nirgends bestrittenes Privilegium der Lebenden.

»Botticelli!« rief ich laut, als ob das das Schibboleth wäre, mit dem man ihn auferwecken könnte.

»Entschuldigen Sie«, kam der Wärter auf mich zugeschlürft, »entschuldigen Sie – Botticelli – hieß so dieser Tote?«

Ich gab an, was ich über die Personalien Mauzfies' wußte, und man war mir sehr dankbar dafür. Ich erfuhr, daß man die Leiche aus dem alten Hafen herausgefischt habe. Der Herr sei in einem berüchtigten Haus des Hafenviertels von einem Matrosen erstochen worden.

»Ah, die Königin von Madagaskar!« entfuhr es mir.

»Ganz recht«, bestätigte der Wärter. »Die Leiche sollte dann im Hafen verschwinden. Zum Glück erwischte man den Kerl, als er seine Last ins Wasser gleiten ließ. O la la, der Dolch sitzt locker hierzulande, das Blut ist heiß!« Er selber stammte aus der Normandie.

Wie Mauzfies dalag auf der Pritsche, das eine Auge geschlossen, das andere weit geöffnet, sah grausig verrückt aus.

»Man müßte ihm das Auge mit schwarzem Pflaster verkleben«, sagte ich.

Der Wächter lachte. Verroht in seinem Amte, meinte er, ich scherze.

Im Hotel grübelte ich sieben ganz schmackhafte Gänge und dazu eine Flasche trauerhaft schweren Burgunders in mich hinein. Oh, der Mensch ist ein pietätloser Egoist, wenn er Hunger hat. Abgesehen davon, trauert es sich auch viel besser in gesättigtem Zustande, man kann sich eigentlich erst dann restlos auf den Toten konzentrieren. Und wohl gesättigt und mit einem Entschlusse fertig, erhob ich mich und verließ den Speisesaal und das Hotel.

Vielleicht konnte man nun endlich erfahren, was das Waschfrauenpaket enthielt.

Aber es war nirgends zu ermitteln, weder auf der Mairie, noch auf dem Gericht, noch sonst wo. Man zuckte die Schultern. Monsieur le Professeur habe weiter nichts hinterlassen, als was er auf dem Leibe trug.

Die Kneipe, in der das Unglück geschah, fand ich von amtswegen versiegelt. Die Königin von Madagaskar war mit ihrem Galan verhaftet worden.

Das Paket war und blieb verschwunden.

Das ging mir sehr nahe.

Andern Morgens fuhr ich, dem Reiseplan meines heimgegangenen Onkels folgend, nach Ajaccio weiter.

Heute noch brüte ich bisweilen über dem ungelösten Rätsel, das die alte Athinai-Nummer umschlossen hatte.

Und es sind seitdem doch schon gut zehn Jahre verstrichen.

# GROTESKE DRAMEN

# NIKOLAUS-KNEIPE

Werter Herr!

Es wird Sie immerhin interessieren, daß der akademische Verein

## LAETITIA

den 7. Dezember 1907 (Samstag)

den Tag, der in der Geschichte der Menschheit gewiß nicht den schlechtesten Klang hat, an welchem sich jene bedeutenden Ereignisse abspielten,* die von einschneidender Wirkung für unsere Zeit werden sollten, jenen Tag, auf welchen große Männer wiederholt und eindringlich hingewiesen haben (vergl. Theobald Gottfried Selm** Bd. II Kap. 5), jenen Tag, der überhaupt ein ganz enorm fabelhafter Tag ist, durch eine

## grandiose Kneipe mit Aufführung

festlich begehen wird, zu der Sie hiermit submissest eingeladen werden.
Zur Aufführung gelangt:

## Nr. 42

ein Albdruck von H. H. S.

Es treten auf:

| | |
|---|---|
| Cheviot der Vierte, der König | Vogelsang. |
| Mell von Mell-Tronningen, ein Höfling | Jupp. |
| Dr. Schwenkmann, ein Irrenarzt | Cato. |
| Toni Knochkrach, ein Wärter | Zöbbel. |

Irre:

| | |
|---|---|
| Zochór, das Genie | Marius. |
| Gustav Kirsten, ein Weichensteller | Krumbiegel. |
| Karl Plautz, der Mann einer Hebamme | Maase. |
| Emil Dünkelbold-Mehlen, ein Oberer-Zehntausend | Atti. |
| Nr. 42, ein Kretin | Eja. |
| Josef Weltle, ein harmloser Irrer | Jacques. |

Epilog:

| | |
|---|---|
| Friedel Klotz, ein Patriot | Collega. |

Spielt in einer älteren, ziemlich rückständigen Irrenanstalt, in der Abteilung für harmlose Irre ohne Selbstmordmanie. Der Epilog in einem Lokal, das seinen Saal Vereinen etc. zur Abhaltung von Festlichkeiten, Versammlungen in empfehlende Erinnerung bringt.

I. A.:
Das Präsidium des A.V. Laetitia.
Marius.
Leo M. Heidkamp.

* Siehe oben. ** Sprich „Selm".

Anfang 8 1/2 Uhr. Anfang 8 1/2 Uhr.

Vereinslokal der Laetitia, Camphausenstraße 23 I.

AUGUST BAGEL, DÜSSELDORF.

## *Nr. 42*
### EIN ALBDRUCK

Es treten auf:
*Cheviot der Vierte,* der König
*Mell von Mell-Tronningen,* ein Höfling
*Dr. Schwenkmann,* ein Irrenarzt
*Toni Knochkrach,* ein Wärter

Irre:
*Zochór,* das Genie
*Gustav Kirsten,* ein Weichensteller
*Karl Plautz,* der Mann einer Hebamme
*Emil Dünkelbold-Mehlen,* ein Oberer-Zehntausend
*Nr. 42,* ein Kretin
*Josef Weltle,* ein harmloser Irrer

im Epilog:
*Friedel Klotz,* ein Patriot

*Spielt in einer älteren, ziemlich rückständigen Irrenanstalt, in der Abteilung für harmlose Irre ohne Selbstmordmanie. Der Epilog in einem Lokal, das seinen Saal Vereinen etc. zur Abhaltung von Festlichkeiten, Versammlungen in empfehlende Erinnerung bringt.*

* *
*

*Abteilung für harmlose Kranke ohne Selbstmordmanie in der von Dr. Schwenkmann geleiteten Irrenanstalt.*

*Der Vorhang geht auf.*
*Zochór, Kirsten, Plautz, Nr. 42, Dünkelbold-Mehlen.*

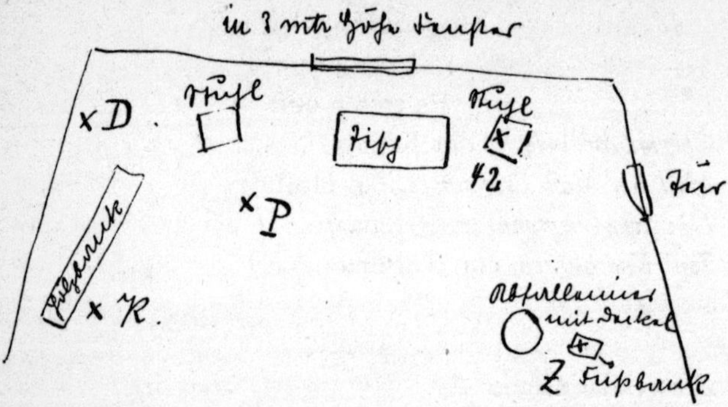


KIRSTEN: *(vierschrötige, kräftige Gestalt, Uniformhose, gestreifter Anstaltskittel, steht links im Vordergrund der Bühne und starrt mit vorgebeugtem Oberkörper nach rechts in die Leere.)*
Der Nachtzug ist gemeldet. $12^{05}$ Uhr Station ab. – $12^{14}$ Uhr Block I, $12^{25}$ Uhr Block III.
*(schaut nach oben)*
Warum grinst der Mond? Grinse nicht, Hund!

PLAUTZ: *(kleine, schmächtige Gestalt, steht bei P x und starrt nach links in die Ecke. Schwarze, verschabte Kammgarnhose. Oberkörper und Kopf in einen karierten Plaid gehüllt.)*
In der linken Ecke, dort lassen sich die Steine bewegen. Es macht nicht so viel Arbeit. – Dort graben wir das Loch. – Frau, warum schreit das Kind nicht?

KIRSTEN: Block I meldet. – Wie der Wind in den Telegrafenmasten heult. Der Güterzug von unten müßte schon vorbei sein.

ZOCHÓR: *(helle Hose mit einem halben Hosenträger befestigt, weißes Hemd. Unterhalb des Knies am linken Bein Bettuch befestigt, welches wie ein Königsmantel nachschleppt, große majestätische Bewegungen, steht auf der Fußbank bei Z x.)*
Logarithmus vier-fünf-sechs-zwei. Savonarola. Die Welt ist mir ein großer Marmorblock. Ich werde das Werk schaffen. Eine kleine vita nova – Eine glänzende Renaissance will ich der Welt schenken. Versteht ihr – euch – allen – will ich ein neues Leben – ein neues Menschentum – ha – eine Walhalla schenken.

KIRSTEN: Block III. – Eine furchtbare Nacht. – Wo der Güterzug nur bleibt? – *(in die Weite horchend)* – Knattert es nicht durch die Nacht heran? – Wer atmet in den Höhen? –

NR. 42: *(erheblich verblödet – unfähig zu sprechen, hält jedoch viel auf sein Äußeres. Eleganter schwarzer Gehrock, hoher weißer Kragen, sitzt eckig auf dem Stuhl 42 x.)*
ääh,ääh,ääh,böh,böh,tülle,tülle,mött,mött,äääh,ääh.

PLAUTZ: 40 Mark? – Was kümmert mich ein fremdes Kind. – Dort, sag ich, Frau – pst – pst – ich sehe zwei Augen aus der Ecke starren. Ich fürchte mich. –

KIRSTEN: *(in die Leere starrend)* Da biegt der Güterzug um die Ecke. – Ich lasse ihn noch vorbei – Block III hat schon gemeldet. – Es wird noch gehen. *(Macht eine Bewegung, als ob er eine Weiche herumwirft.)*

ZOCHÓR: Michelangelo redivivus! Wißt ihr, was das für unsere Zeit bedeutet? Einer neuen Kultur – einer großen, immensen Zeit gehen wir entgegen!

KIRSTEN: Himmel, der Personenzug! – *(schreit)* Halt! Halt! *(schreit entsetzt auf, gestikuliert wild mit den Armen und fällt in einem gräßlichen Paroxismus auf der Bank zusammen, richtet sich nach einer Weile nochmals auf und stöhnt, nach oben starrend, entsetzlich)* Grinse nicht! *(Fällt dann zusammen.)*

PLAUTZ: Ich fürchte mich – Frau – das Kind stöhnt. – Hinter uns schleicht jemand – pst – pst. – Eine kalte Hand faßt mich an. *(Zittert.)*

NR. 42: ääh,ääh,ääh,bööh,bööh,tülle,tülle,mött,mött, ääh,ääh. –

PLAUTZ: Du – du – das Loch ist zu klein. – Das Stöhnen, – oh, das furchtbare Stöhnen. – Jetzt – sieh da, wieder die Augen dort in der Ecke – in der Ecke – Augen, die sich langsam schließen und langsam wieder öffnen.

ZOCHÓR: Betet mich an! Sklaven, Gesindel, auf die Knie! Ich bin die Gottheit. Ich bin Heliogabal – die Sonne. –

*Dr. Schwenkmann und Knochkrach treten im Gespräch ein.*

SCHWENKMANN: *(normaler, deutscher Arzttypus – er könnte geradesogut Architekt sein – mit sympathischem, offenem Gesicht, welches in bedenklichen Fällen stets beruhigend wirkt; wenn er seinen Beruf nicht ausüben würde, könnte man ihn gelten lassen. Weißer Arztmantel. – Zu Knochkrach:)*

......wie ich Ihnen schon sagte, müssen Sie trotzdem die einzelnen scharf im Auge behalten, wenn ja auch bei der im allgemeinen ruhigen Veranlagung der Kranken dieser Abteilung ein Zwischenfall wohl als ziemlich ausgeschlossen zu betrachten ist. Das Zivilkabinett hat ausdrücklich betont, daß Seiner Majestät nur solche Kranke vorgeführt werden sollen, die pathologisch von Interesse, jedoch keineswegs aggressiven Anfällen unterworfen sind. Ich halte diese Abteilung für Vorstellungen am allergeeignetsten. – Es muß unbedingt alles klappen – es hängt zuviel für mich von diesem Besuch seiner allerhöchsten Majestät ab. –

*(Durch die offen gebliebene Tür schleicht sich auf Fußspitzen Weltle an den Arzt heran und flüstert ihm geheimnisvoll zu:)*

WELTLE: Ich trage stets Schnürstiefel, stets Schnürstiefel.

*(Verschwindet dann auf die gleiche geheimnisvolle Weise.)*

SCHWENKMANN: *(zu Knochkrach)* Schließen Sie die Tür.

*(Knochkrach schließt die Tür.)*

ZOCHÓR: *(zu Dr. Schwenkmann gewandt)* Kommst du zur Feier? Hast du dein Haar mit Nardenöl gesalbt? Umhülltest du den Leib mit thyrrhenischen Linnen?

SCHWENKMANN: Aber, ja natürlich, natürlich *(fortfahrend zu Knochkrach)* . . . ich denke, der ganze Besuch wird in einer Viertelstunde erledigt sein. – Knochkrach, passen Sie um Gottes willen auf. Machen Sie in exakter Form die Honneurs. – *(Sieht Kirsten auf der Bank liegen.)* Wieder einen Anfall gehabt. Der Mann macht es auch nicht mehr lange. Geben Sie ihm, wenn er wieder zu sich kommt, feste Brom, eine tüchtige Dosis.

KNOCHKRACH: *(notiert)* Kirsten, Brom.

PLAUTZ: *(kommt auf Dr. Schwenkmann zu und flüstert ihm ins Ohr)*

Meine Frau hat es allein getan. Versteckt hat sie das Kleine. Man gab mir die 40 Mark. Ein fremder Mann. Warum sollte ich nicht 40 Mark nehmen. *(Schrickt zusammen und hält sich die Ohren zu.)* Uh, das Stöhnen, das gräßliche Stöhnen.

SCHWENKMANN: *(Plautz beruhigend)* Sie haben es nicht getan. Wir wissen, daß es Ihre Frau getan hat. Sie haben mit der ganzen Sache nichts zu tun. Keiner behauptet etwas anderes.

PLAUTZ: *(starrt entsetzt in die Ecke)* ...... die Augen, die gräßlichen Augen dort in der Ecke.

ZOCHÓR: *(zu Schwenkmann)* Das ist die große Tragik in Deinem Leben, Sklave, daß du noch lächeln kannst – verstehe wohl, ich sage lächeln. Oh, könntest du lachen, trotzig lachen – göttliches Getöne!

SCHWENKMANN: *(leise zu Knochkrach)* Wir müssen ihn mal wieder einige Tage in nasse Tücher packen.

KNOCHKRACH: Sollen wir Zochór während der Anwesenheit Seiner Majestät hier lassen? Ich traue ihm nicht. Er hat seine Mucken.

SCHWENKMANN: Gerade ihn möchte ich gerne vorführen. Sein Größenwahn wirkt so ulkig.

NR. 42: ääh,ääh,böh,böh,tülle,tülle,mött,mött.

KNOCHKRACH: Sie verzeihen, Herr Doktor, wenn ich mir erlaube, Sie zu fragen, ob mir jetzt wohl, nach dem Besuch Seiner Majestät die in Aussicht gestellte Medaille für Irrenpflege verliehen wird?

SCHWENKMANN: Ohne Zweifel. – In einigen Tagen wird die diesbezügliche Urkunde in Ihren Händen sein.

KIRSTEN: *(erwacht aus seiner Starre und singt)*

Sah ein Knab ein Röslein stehn, Röslein auf der Heiden –

ZOCHÓR: Tötet diese Milbe, diesen Märtyrer des guten Geschmacks.

SCHWENKMANN: *(Zochór beruhigend)* Warum einen Wurm zerstören, Zochór. Gottheiten kümmert der Wurm nicht. Gottheiten spielen mit Sonnen.

ZOCHÓR: Mit Sonnen. – Ich verberge die Sonne in meinem Mantel, das Licht starb – nein, es kann nicht sterben – ich bin die Sonne – ich versenke Sonnen ins Meer.

SCHWENKMANN: Verzeihen Sie, natürlich – ich vergaß: Sie sind das Licht.

ZOCHÓR: Hörst du es nicht raunen allenthalben? – Tönt es nicht in allen Winden? – »aetas aurea« – Horche in die Fernen! Du wirst das Dröhnen hören, das Dröhnen der Morgenröte. –
*(bricht auf einmal jäh ab und kreischt)*
Jetzt geht es zu Maxim!

KIRSTEN: Alle meine Blumen, meine Georginen waren geknickt – eine tote Frau lag zwischen sterbenden Blumen, rote Astern – roter Feuermohn –
*(schreit entsetzt)*
Blut – Blut – .

SCHWENKMANN: *(beruhigend)* Die Blumen meinen Sie, die Blumen sind rot – kein Blut –.

KIRSTEN: Wer sprach da? Meine Blumen waren rot – die tote Frau war bleich.

PLAUTZ: *(flüsternd zu Dr. Schwenkmann, auf Kirsten zeigend)* Der hat es getan. Er brachte das Kind in einer Nacht, in einer schauerlichen Nacht hat er es gebracht. Niemand sah ihn kommen – niemand –. Man müßte ihn warnen. –

ZOCHÓR: Geschmeiß – was spricht die tiefe Mitternacht? –

NR. 42: ääh,ääh,böh,böh,tülle,tülle,mött,mött.

ZOCHÓR: *(auf Nr. 42 zeigend)* Er versteht meine Tiefe. Er wird auf hohen Bergen meine Altäre errichten. Er wird mir ein Priester sein....

NR. 42: *(Zochór unterbrechend)* ääh,ääh,böh,böh,tülle,tülle,mött,mött.

SCHWENKMANN: *(schaut auf die Uhr)* Donnerwetter, es wird Zeit. Ich muß mich noch umziehen, in zehn Minuten ist Seine Majestät da. Bleiben Sie hier, Knochkrach – und aufgepaßt! – Ich werde Seine Majestät im Vestibül erwarten.

DÜNKELBOLD-MEHLEN: *(Kleidung ohne Sinn angezogen, Weste mit Rockknöpfen; verrät Angehörigen besserer Kreise, stand während des Vorausgegangenen in grotesker Haltung, Gesicht zur Wand, unbeweglich bei D. x. In hoher schleimiger Fistel)* Syphilis ist heilbar. *(Verfällt sofort wieder in die bisherige Apathie.)*

KIRSTEN: Hi,hi,hi – der Lokomotivführer ohne Kopf! *(Lacht, wird dann plötzlich wieder ernst)* Meine Blumen zertreten.

ZOCHÓR: Ich steige, schauet mich an, wie ich steige in die Höhen ...
*(Steigt von der Fußbank auf den Abfalleimer)*
... und alle Welten werden zerbrochen – werden hinabfallen – ich bin die Achse des Alls.

KNOCHKRACH: Kinders, seid doch vernünftig. Euer König, euer Landesvater kommt gleich.

ZOCHÓR: Ich bin der König, ich bin der König.

KNOCHKRACH: Du bist verrückt! – Ich sage dir, benimm dich!

ZOCHÓR: Schuft! Ich bin der König!

KNOCHKRACH: Wenn der König eintritt, habt ihr Hurrah zu brüllen, versteht ihr, Hurrah. –

ZOCHÓR: Ich zermalme dich, Elender! –

KNOCHKRACH: Na warte – dir sind nasse Einwicklungen verordnet. – Stellt euch mal in einer Reihe auf, los! *(Alle bleiben apathisch auf ihren Plätzen. Knochkrach bemüht sich den auf der Bank sitzenden Kirsten aufzurütteln. Letzterer hebt nur den Kopf und fragt:)*

KIRSTEN: Ist der Güterzug gemeldet?

KNOCHKRACH: *(läßt von Kirsten ab und geht auf Dünkelbold-Mehlen zu, zerrt ihn in die Mitte)*
Blödsinniges Gesindel! Mit euch kann man Ehre einlegen.

DÜNKELBOLD-MEHLEN: *(wie vorher, in gleichem Tonfall)*
Syphilis ist heilbar.
*(Bleibt in einer verzerrten Stellung da stehen, wohin ihn K. geführt.)*

KNOCHKRACH: *(Zu Nr. 42)* Na, mal ran. – Front machen. – Heute ist eure Parade.

NR. 42: *(kommt schleppend herbei und stellt sich von selbst neben D.-M.)*
ääh,böh,böh,tülle,tülle.
*(D.-M. geht schleppend wieder an seinen alten Platz bei D x und nimmt seine frühere Stellung wieder ein.)*

ZOCHÓR: *(drohend zu Knochkrach)* Ich bin der König! – Willst du als Fackel meinem Feste leuchten? –
*(Man hört draußen Hurrahrufe.)*

KNOCHKRACH: *(klettert auf einen Stuhl und schaut zum Fenster hinaus)*
So, jetzt haben wir es! Da ist der König schon, verdammte Blase. Da fährt der Wagen vor. Der Herr

mit dem Stern ist wohl der König. – Der König aller Könige. –

PLAUTZ: Die gräßlichen Augen dort in der Ecke. –

DÜNKELBOLD-M.: *(wie zuvor)* Syphilis ist heilbar.

NR. 42: ääh,ääh,ääh. –

KNOCHKRACH: Die Schnauze sollt ihr halten. – Nein, jetzt wenn der König eintritt, sollt ihr Hurrah brüllen. –
*(Stellt vor Aufregung Stühle zurecht, geht zu D.-M., dreht ihn mit dem Gesicht dem Zimmer zu, droht Zochór, der wieder auf die Fußbank zurückgeklettert ist.)*
Benimm Dich! –
*(Man hört Geräusche an der Tür, Dr. Sch. öffnet die Tür, tritt zuerst ein, dann der König und Mell-Tronningen. Dr. Sch. im Gehrock. Der König, ebenfalls im Gehrock mit Ordensstern auf der rechten Brustseite, hoher Stehkragen, Tabes-Gang, stiert blöde mit herunterhängender Unterlippe; verblüffende Ähnlichkeit mit Nr. 42. Mell-Tronningen, elegante Hoftype. 50 Jahre alt. Orden. – Bei Eintritt des Königs macht Knochkrach Front und brüllt)*

KNOCHKRACH: Hurrah!
*(Die Irren bleiben apathisch; nur Zochór wendet sich um und blickt den König haßerfüllt an. Nr. 42 grinst und liebäugelt mit dem Ordensstern des Königs.)*

SCHWENKMANN: Majestät finden hier einige sehr interessante Fälle. – Dieser Mann *(auf Kirsten zeigend)* wurde bei einem Eisenbahnzusammenstoß irrsinnig.

CHEVIOT: ääh,ääh,ääh.

M.-TRONNINGEN: Herr Doktor, Majestät meinen, es wäre sehr interessant.
*(Durch die offen gebliebene Tür schleicht sich Weltle auf den Fußspitzen an den Arzt heran und flüstert ihm geheimnisvoll zu)*

WELTLE: Haben Sie auch Ihr Rad mitgebracht?

*(Verschwindet dann auf die gleiche geheimnisvolle Weise. Cheviot und Mell-Tronningen schauen ihm verwundert nach. Dr. Sch. beachtet ihn nicht weiter, sagt nur zu Knochkrach:)*

SCHWENKMANN: Schließen Sie die Tür! *(K. tut es. Sch. in der Erklärung fortfahrend, auf Zochór zeigend)*

SCHWENKMANN: Ein Fall von Größenwahn, der bei dieser Psychose in einer solchen, absolut logischen Weise äußerst selten vorkommt. . . .

CHEVIOT: ääh,ääh,ääh.

M.-TRONNINGEN: Majestät wünscht zu wissen, ob dieser Patient heilbar ist.

SCHWENKMANN: Wenn die Diagnose des Herrn Hofrat Professor Hirnbauch, aus dessen Anstalt ich den Patienten vor drei Wochen übernommen habe, richtig ist, ist leider eine Heilung völlig ausgeschlossen.

ZOCHÓR: *(merkt, daß von ihm die Rede ist und blickt wütend; brüllt plötzlich los)*
Was glotzt ihr – Sklaven – Wichte – auf die Knie! Nur knieend darf sich der Sklave meinem Throne nahen.

CHEVIOT: *(indigniert)* ääh,ääh,ääh. –

M.-TRONNINGEN: Majestät möchte wissen, ob der Mann nicht gefährlich ist? Ob er das alles ernst meint?

SCHWENKMANN: Keine Sorge. Er macht große Worte, ist aber überaus harmlos und ungefährlich. –

ZOCHÓR: *(brüllt los, indem er auf den König zugeht und ihn fest anstarrt)*
Ich bin der König, der Kaiser, Caesar, nicht allein über euch armseliges Pack, über das Leben, über den Tod, über Welten, über Ewigkeiten. Wer maßt sich an, ein König hier zu sein?

CHEVIOT: ääh,ääh,ääh.

M.-TRONNINGEN: *(zu Dr. Sch.)* Die Sache ist im höchsten Grade peinlich. Majestät wollen diesen Saal sofort verlassen.

*(Zochór springt plötzlich auf den König zu, packt ihn bei den Schultern und schüttelt ihn. Der Ordensstern fällt zu Boden. Allgemeine Verwirrung. Dr. Sch., Knochkrach, M.-Tronningen suchen den König zu befreien.)*

PLAUTZ: *(brüllt)* Die gräßlichen Augen!

KIRSTEN: *(bekommt einen Anfall und schreit)* Blut – Blut – zu spät. *(Bricht auf der Bank zusammen.)*

ZOCHÓR: *(ringt mit dem König)* Ich bin der König! Stirb, Sklave! Heilige Hände werden dich erdrosseln.

NR. 42: *(war bisher im Hintergrund geblieben, sieht plötzlich den Ordensstern auf dem Boden, den er im allgemeinen Durcheinander aufhebt und sich anheftet. Er gerät in das Menschenknäuel um Zochór. Dem König ist es gelungen, sich von Zochór zu befreien und sich unter die Bank zu flüchten. – Nr. 42 wird von Dr. Sch., Knochkrach und M.-Tronningen in der Aufregung für den König gehalten und zur Tür hinausgezogen. Die Tür wird fest verriegelt.)*

PLAUTZ: Die Augen dort in der Ecke. – Langsam schließen sie sich, langsam öffnen sie sich wieder.

ZOCHÓR: Ich bin der König. – Zu Paaren trieb das Gesindel meine Größe.

CHEVIOT: *(unter der Bank kläglich)* ääh, ääh, ääh, Mell-Tronningen, ääh, ääh.

DÜNKELBOLD-MEHLEN: *(wie zuvor)* Syphilis ist heilbar. *(Man hört draußen Hurrahrufe)*.

CHEVIOT: *(schaut unter der Bank hervor)* ääh,ääh,ääh, Mell-Tronningen,ääh,ääh.

ZOCHÓR: *(sieht sich verwundert nach Cheviot um)*

Wicht – so ist es geziemend! Vor Königen muß man kriechen. Küsse meinen Fuß! So nahet sich der Sklave seinem König.

CHEVIOT: *(kläglich)* ääh,ääh,ääh . . . König . . . ääh.

ZOCHÓR: *(lachend)* König, du – ich verstehe König. *(Bestimmt)* Könige haben ein Organ. Könige schreiten aufrecht. Falscher Demetrius-Betrüger!

CHEVIOT: ääh,ääh, Mell-Tronningen, ääh,ääh. –

PLAUTZ: Grauenhafte Augen dort in der Ecke.

ZOCHÓR: *(schreitet würdevoll zur Fußbank, klettert langsam erst auf die Fußbank, dann auf den Eimer, wo er eine königliche Pose einnimmt.)*
An den Stufen meines Thrones magst du kauern. Eine Null magst du sein unter allen anderen Nullen. – Ich vergesse dich – pah, vergessen – ich habe dich nie empfunden. –

CHEVIOT: *(hat sich mit Mühe und Not aufgerichtet, überzeugend)* ääh, ääh, ääh, ich bin doch, ääh, der König, ääh . . . mein Vater . . . ääh, war König . . . ääh, auch mein Großvater, ääh, ääh, dann nächster Vater ääh, ääh, alle Väter, alle Väter, ääh, ääh, ääh, waren, ääh, ääh immer ääh, ääh immer Könige, immer ääh, ääh, immer.

ZOCHÓR: *(beachtet ihn nicht)* Mit Dionysos schreite ich durch Marmorhallen, wo Säulen aus dem All empor in Ewigkeiten streben und Sterne, Sonnen, Kapitäler sind. – – – – Immer, immer – – – immer? Wer sprach so? Es winselte ein Atom »immer«. Immer – solange Welten kreisen, Äonen sanken in ein Meer von Ewigkeiten – war nur ein Herr, ein Fürst, ein König – die Gottheit aller Gottheiten, die Gottheit, der die Welt ein Knopf an ihrer Hose – – Ich bin die Gottheit, ich, ich!! –

CHEVIOT: ääh,ääh, Mell-Tronningen, ääh,ääh, ich will nicht, ääh, will nicht, ääh, *(schreiend)* will nicht, ääh, daß jemand, ääh, König, ääh, König, außer mir,ääh, ääh.

*(Inzwischen ist Dr. Sch. mit Knochkrach ziemlich erregt – von niemandem bemerkt – eingetreten; bleiben einen Augenblick vor der Tür stehen.)*

DR. SCHWENKMANN: Eine nette Sache, verflucht. Ich habe mich absolut unmöglich gemacht. Wir müssen Zochór isolieren. –

KNOCHKRACH: Ich habe es ja gesagt, dem ist nicht zu trauen, wir müssen ...

DR. SCHWENKMANN: *(erregt)* Was wir müssen – respective ich muß, weiß ich selbst. Keine Unverschämtheiten. – Dem König war die Sache so in die Glieder gefahren, daß er kein Wort herausbringen konnte. – – – Wenn auch Exzellenz Mell-Tronningen beruhigend versicherte – ich könne für den Vorfall nicht verantwortlich gemacht werden, und es würde mir weiter nicht schaden.

CHEVIOT: ääh, ääh, ich bin der König, ääh, ein Mißverständnis, ääh.

DR. SCHWENKMANN: *(unwillig abwehrend)* Ha, ja. –

KNOCHKRACH: *(erstaunt)* Jetzt kann Nr. 42 auf einmal reden, nachdem er seit sechs Monaten kein Wort hervorbringen konnte. Den hat Zochór angesteckt.

DR. SCHWENKMANN: *(sachlich)* Eine bekannte Erscheinung bei dieser Psychose. Unterbrochene Funktionen kehren für kurze Zeit zurück. Jetzt ist bald die absolute Verblödung und Auflösung zu erwarten.

CHEVIOT: *(jammernd)* ääh, ääh, Mißverständnis, ääh, ääh, ich bin der König, ääh, ääh, ich, ich, ääh. –

ZOCHÓR: *(Zochór, der bisher unbeweglich in seiner Pose verharrte, schaut bei dem Wort »König« Cheviot groß an.)*

DR. SCHWENKMANN: Zochór wollen wir gleich ins Bad packen.

KNOCHKRACH: *(zu Zochór)* Runter, runter da!

*(Zochór verharrt in seiner Pose.)*

DR. SCHWENKMANN: Zochór, kommen Sie – los – oder wir müssen Gewalt anwenden! –

KNOCHKRACH: *(zerrt an Zochór)* Runter, – – runter, runter. –

*(Zochór rührt sich nicht.)*

DR. SCHWENKMANN: *(nach kurzem Besinnen)* Ach, lassen Sie ihn. Für heute mag er noch mal hier bleiben. *(Wendet sich zur Tür.)*

KNOCHKRACH: *(läßt unwillig von Zochór ab. Leise:)* Das ist Dein Glück!

CHEVIOT: *(Dr. Schwenkmann verfolgend)* ääh,ääh, Mißverständnis, ääh, ääh, dummes Mißverständnis, ääh. –

KNOCHKRACH: *(schiebt Cheviot beiseite)* Schon gut. Werde nicht lästig.

*(Dr. Sch. und K. ab. Die Tür fällt schwer ins Schloß und wird geräuschvoll verriegelt.)*

CHEVIOT: *(jammernd)* ääh, ääh, ääh, ich bin, ääh, der König. –

PLAUTZ: Die gräßlichen Augen in der Ecke. –

KIRSTEN: Block III meldet. – Eine schauerliche Nacht. –

*(Zochór bleibt unbeweglich in seiner Pose.)*

CHEVIOT: ääh, ääh, ich. . . . . . . . . . .ääh, bin . . . . . König . . . . ääh. –

*(Während der letzten Worte fällt langsam der Vorhang. Man hört noch Plautz, Kirsten und Cheviot durcheinanderreden.)*

*(1 Minute Pause)*

## Epilog

*(Bevor sich der Vorhang hebt, hört man die Stimme eines begeisterten Festredners)*

Männer, Patrioten – *(die Menge)* Bravo, bravo –

*(Der Vorhang geht auf. Man sieht auf einem Podium zur Seite sprechend, wo das Auditorium gedacht ist, Friedel Klotz im Sonntagsanzug, schlechtsitzender Gehrock, Litzen eingefaßt mit Kriegervereinsabzeichen. Unter monumentalem Armeschwingen spricht er begeistert zum Volke. Er hat bereits zwei Stunden gesprochen und ist am Schluß seiner Rede angelangt.)*

KLOTZ: Ein Schuft, der nicht zum Herrscherhause hält, ein Schuft, sage ich, ich sage Schuft, ich *(schlägt sich auf die Brust)*

DIE MENGE: Bravo, bravo. –

KLOTZ: Seht unseren Landesvater, jene hehre Heldengestalt, ich sage hehre Heldengestalt – Heldengestalt. *(schlägt sich wieder auf die Brust; eine Rippe kracht vernehmlich.)*

DIE MENGE: Bravo, bravo!!

KLOTZ: Einem alten Geschlecht entsprossen, einem alten, sehr alten, ungemein alten Geschlechte. *(er schlägt sich furchtbar auf die Brust; es kracht gräßlich.)*

DIE MENGE: *(tumultuarisch)* Bravo, bravo!!

KLOTZ: Einem Geschlecht, das eine gewaltige Reihe von Heldengestalten hervorbrachte.
*(wischt sich den Schweiß ab.)*
. . . ein Geschlecht, das Bodo den Zornigen –
*(ein Röllchen fliegt in den Saal.)*

DIE MENGE: *(rasend)* Bravo, bravo!!

KLOTZ: Bodo den Zornigen, der um 800 – ich sage 800 – eine hehre Zahl – eine schöne, runde Zahl – eine prächtige Zahl –

*(das Vorhemdchen fliegt in den Saal.)*

DIE MENGE: *(tobend)* Bravo, bravo!!

KLOTZ: . . . um 800 jene denkwürdige Schlacht schlug, jene Schlacht, Bodo, dessen Taten unvergeßlich bleiben werden.

DIE MENGE: *(ist vor Begeisterung nicht mehr zu halten)* Bravo, bravo!!

KLOTZ: . . . darum müssen wir stolz sein auf unseren großen Landesvater, unseren großen König Cheviot IV.

DIE MENGE: *(sinnlos)* Bravo, bravo!!

KLOTZ: Cheviot IV., um den uns die hämischen Nachbarn in Nord und Süd, in Ost und West beneiden, Cheviot IV., der Denker auf dem Throne Bodos – darum fordere ich euch auf, Bürger, Männer, Patrioten, mit mir einzustimmen in den Ruf: Cheviot IV., unser großer König, er lebe hoch, hoch, hoch!!!

DIE MENGE: *(tobend, brüllend, rasend)* Hoch! Hoch! Hoch!

*Der Vorhang fällt.*

## *Die Philosophen*

DAS MYSTERIUM DES SONNENSTICHS

Personen:

*Hämorrhoid Ackermann,* ein Denker, Aufseher in einer Dynamitfabrik
*Kaspähr Fröbel,* ein Naivling, an beiden Armen gelähmt
*Blücher,* Feldmarschall
*Ein Oberpräsident*
*Eine überreife Leiche*
*Goliath Memmehöh,* ein Jähzorniger
*Friedel Puste,* ein Gefreiter
*Möbel,* ein Schutzmann

*Spielt an einem Sarge, Mitte August, bei 40 Grad Hitze.*

*Vorhang*

*Kaspähr, Hämorrhoid, Blücher, Oberpräsident.*
*Ersterer schaut nach dem Sarge hinüber, schnuppert mit dem Ausdruck des Ekels auf dem Gesicht in der Luft, die letzteren drei sitzen apathisch da. Hämorrhoid mit der rechten Hand an der Stirn in der Pose des Grüblers. Blücher mit dem Ellbogen auf dem Tisch, die Fäuste an den Backen. Oberpräsident eckig auf dem Stuhl, die Hände flach auf den Beinen, Monokel im Auge.*

*Nach Aufziehen des Vorhanges wird in der ersten Minute nicht gesprochen.*

KASPÄHR: Eine Leiche kann in der Hitze noch so lange

herumstehen, sie riecht deswegen keineswegs angenehmer. *(Niemand reagiert)* – Es ist nicht zum Aushalten. Es muß etwas mit der Leiche geschehen. Sie liegt jetzt volle 8 Tage. *(Niemand reagiert) (Spricht lauter)* Nehmen Sie doch Vernunft an. *(Es reagiert noch immer niemand) (Schreit)* Das kann doch so nicht weitergehen. Es muß doch irgendwas mit der Leiche geschehen!

HÄMORRHOID: *(Vor sich hinlächelnd, mitleidig:)* Es muß etwas geschehen – – – – – muß etwas – – – junger Mann, muß? – – – – –

KASPÄHR: Ja, ja Herr Ackermann, nehmen Sie sich doch der Sache an. Sie sehen doch selbst ein ......

HÄMORRHOID: ... muß geschehen. Sie sind wirklich naiv – Naiv, nein nicht nur das, Sie haben einen goldenen Optimismus, wie ich ihn noch nicht erlebt habe – – muß .. muß .. *(schüttelt ganz fassungslos den Kopf)* ... muß ...

KASPÄHR: Sie sind doch ein vernünftiger Mensch, Herr Ackermann, daß Sie das nicht begreifen; die Leiche liegt jetzt 8 Tage, wir haben im Schatten 40 Grad, was soll das werden?

BLÜCHER: *(ohne auch nur im geringsten seine Stellung zu ändern, vor sich hinbrummend)*
Sie wird weiterstinken.

KASPÄHR: Das ist doch entsetzlich. Ja, meine Herren, nehmen Sie sich doch der Leiche an. Es muß etwas geschehen!!

HÄMORRHOID: Muß etwas geschehen ....wann lernen Sie sich präziser auszudrücken! Junger Mann, ... Muß? *Kann* lasse ich vielleicht gelten. Es kann alles mögliche mit dieser Leiche geschehen. Es kann .... verstehen Sie wohl.

KASPÄHR: Man könnte die Leiche doch begraben! Begraben, und die ganze Sache wäre erledigt!

HÄMORRHOID: Begraben, ja – ja, es geschieht dieses häufig.

KASPÄHR: Immer, immer geschieht geschieht das. Leichen müssen überhaupt begraben werden, oder aber verbrannt. Das eine oder das andere.

HÄMORRHOID: Im Grunde genommen ist es eigentlich egal, ob man Leichen verbrennt oder begräbt. Vom religiösen Standpunkt aus werden zwar Bedenken gegen die Leichenverbrennung erhoben.

KASPÄHR: Gott, Herr Ackermann, tun Sie doch etwas, damit die Leiche fortkommt! Telefonieren Sie nach einem Leichenwagen!

HÄMORRHOID: Telefone sind stets besetzt!

KASPÄHR: Versuchen Sie es wenigstens!

HÄMORRHOID: Oder der Teilnehmer spricht auswärts.

KASPÄHR: Gott, wäre ich nicht gelähmt!

HÄMORRHOID: Oder man wird falsch verbunden.

KASPÄHR: Versuchen Sie es doch, in Jesu Namen!

HÄMORRHOID: Oder es ist irgendwo ein Gewitter, und das Amt meldet sich überhaupt nicht.

KASPÄHR: Es ist die allerhöchste Zeit! Es kriechen schon Würmer und Käfer auf der Leiche herum! Miasmen schwängern die Luft!

HÄMORRHOID: Sie erzählen uns Sachen, die gar nicht neu sind, junger Mann. Sie haben hitziges Blut, junger Springinsfeld!

BLÜCHER: *(genau wie zuvor)* Durchgänger!

KASPÄHR: Es ist entsetzlich! Gräßlich! Ich flehe Sie an, Herr Ackermann, wenn Sie schon nicht selbst telefonieren wollen, so schicken Sie nach einem roten Radler. . . . aber wir können doch nicht . . .

HÄMORRHOID: Wir können nicht? . . . . Haben Sie eine Ahnung, was wir nicht können?

KASPÄHR: Wenn man wenigstens den Deckel zumachte . . . . Schauerlich, dieser Verwesungsgeruch, dies gräßliche Gewimmel der Würmer und das müde Kriechen der Leichenkäfer!

HÄMORRHOID: Alles rein physikalische Veränderung ohne Reflexwirkung auf den Kosmos. Alles ist egal, was wir auch tun mögen. Lernen Sie das doch endlich, junger Mann! Das tiefe Geheimnis des Lebens ist: je m'en fiche!

KASPÄHR: Wäre ich nicht gelähmt! Ich hätte Sie nicht nötig! Ich hätte nicht nötig, hier zu winseln und zu flehen, Ihr Mitleid anzurufen.

HÄMORRHOID: Die Tragik aller Aktivität! . . . . . Das Wegschneiden des Blinddarmes ist das größte Verbrechen an dem fatalistischen Gedanken. Wenn etwas nicht geschieht, was geschehen sollte, oder etwas nicht geschehen sollte, was tatsächlich geschehen ist, so ist im Grunde genommen, sowohl in dem einen wie in dem andern Fall, rein abstrakt gedacht, gar nichts geschehen; kosmisch denken, äonenhaft!

KASPÄHR: Nehmen Sie endlich Vernunft an! Hat die Hitze Ihren Geist verwirrt? Dieser entsetzliche Geruch! *(Wendet sich zu Blücher)* Exzellenz! Helfen Sie mir! Sitzen Sie doch nicht so starr! Sie sind doch ein Mann der Tat!

BLÜCHER: Mir ist alles wurscht . . . . . wurscht . . . . . . wurscht . . . . . . . .

KASPÄHR: Rappeln Sie sich doch auf! Sie als alter Soldat! Entsetzlich, immer muß ich die Leiche ansehen! Sie haben siegreiche Schlachten geschlagen. Lassen

Sie sich von den Maximen des Herrn Ackermann nicht beeinflussen! Vergiften!

*(Da Blücher auch nicht weiter reagiert, zum Oberpräsidenten:)* Sie, Herr Oberpräsident, als Mann der Ordnung, als Behörde! Kümmern Sie sich doch um die Sache! Das ist überhaupt Ihre Pflicht! Das gehört in Ihr Ressort! Sie erlassen Verfügungen, daß man auf den Bahnhöfen nicht ausspucken darf, etc. und dulden hier eine direkt lebensgefährliche Schweinerei! Schweinerei! Ja einen anderen Ausdruck dafür finde ich nicht!

*(Oberpräsident starrt unentwegt, das Monokel im Auge, ins Leere und rührt sich nicht.)* Ich spreche dienstlich mit Ihnen! Ich will mein gutes Recht! Die Leiche muß hinaus! *(Der Oberpräsident rührt sich absolut nicht.)*

KASPÄHR: *(Horcht auf. Ihm fällt plötzlich etwas ein. Ein gewisser Hoffnungsschimmer liegt auf seinem Gesicht. Er wendet sich eifrig an Hämorrhoid:)*

Herr Ackermann, Sie müssen ja ohnehin gleich hinaus. Es ist sogar die höchste Zeit! Es hat schon zweimal gepfiffen! Sie müssen Wasser in die Kessel lassen. Da Sie ohnehin jetzt hinausmüssen, können Sie gleichzeitig nach dem Leichenwagen schicken, damit die Leiche wegkommt.

*(Hämorrhoid rührt sich nicht.)*

Sie müssen gehen, es wird die allerhöchste Zeit!

HÄMORRHOID: Was ist uns heute die Sintflut? Was ist uns heute die Zerstörung von Herkulanum und Pompeji? Das Blutbad an der Aller! .... Daten, was weiter? ... Nichts, Begebenheiten, die nicht in der Lage sind, auch nur die geringste Emotion bei uns hervorzurufen.

KASPÄHR: Reden Sie jetzt nicht von der Sintflut! Nehmen Sie Vernunft an! Gehen Sie hinaus in die Fabrik! ... Herr Oberpräsident, befehlen Sie es doch! Sprechen Sie doch ein Machtwort! Die ganze Verantwortung fällt auf Sie zurück! *(wieder zu Ackermann:)* Jede Sekunde ist wertvoll! Ein gräßliches Unglück wird sich sonst ereignen!

HÄMORRHOID: Es werden einige Hundert Menschen gleich in die Luft fliegen!

BLÜCHER: Alles ist mir wurscht .... wurscht .... wurscht ....

KASPÄHR: *(schreiend)* Ungeheuer! Teufel! Oh, die unglücklichen Menschen!

HÄMORRHOID: Und die Witwen und Waisen! Erregt uns etwa das Schicksal jener Menschen aus der Bronzezeit, die auf dem Grunde des Züricher Sees in den Resten ehemaliger Pfahldörfer mit eingeschlagenen Schädeln gefunden wurden?

*(Hinter der Bühne eine enorme Explosion. Zusammenstürzen von Häusermassen, Menschengeschrei, Wimmern, Hilferufe. Kaspähr hält sich entsetzt die Ohren zu und sinkt auf dem Tisch zusammen. Auf die übrigen macht die Sache keinerlei Eindruck.)*

HÄMORRHOID: Wer läßt die Tragik des Unterganges von Sodom und Gomorra heute auf sich wirken? Anekdoten!

KASPÄHR: *(Richtet sich vom Tisch auf.)* Die Leiche muß weg! Die Leiche muß weg! Ich werde wahnsinnig! Das Stöhnen draußen!

HÄMORRHOID: Die Tragik der Aktivität!

FRIEDEL PUSTE: *(Stürzt aufgeregt herein, völlig außer Atem)* Exzellenz, Wellington bittet Sie sofort in die

Schlacht zu kommen. Er muß der Übermacht weichen. Sofort, Sofort!

BLÜCHER: Mir ist alles wurscht . . . . . . wurscht . . . . . . wurscht . . . . .

*(Friedel stürzt wieder weg. Blücher verharrt in der gleichen Stellung wie zu Anfang.)*

KASPÄHR: Exzellenz, ich beschwöre Sie im Namen des Vaterlandes, gehen Sie doch! Von Ihnen hängt alles ab. Soll Napoleon wieder den Daumen auf die Welt drücken? Gehen Sie, ich flehe Sie an! *(Schreit auf einmal wie verrückt)* Die Leiche muß weg! Es muß etwas geschehen mit der Leiche!

HÄMORRHOID: Wer erregt sich heute noch über den Kindermord von Bethlehem? Über den Untergang von St. Pierre und das Erdbeben von San Franzisko? Sie treiben uns keine Träne mehr ins Auge!

KASPÄHR: Himmel, daß ich mich nicht bewegen kann! Immer muß ich die Leiche ansehen! Die Leiche muß hinaus! Herr Ackermann, Exzellenz! Gnade, Erbarmen!

BLÜCHER: Mir ist alles wurscht, . . . . . wurscht . . . . . . wurscht . . . . .

HÄMORRHOID: Der Zusammenbruch des Gotenreiches, das Hinschlachten von vielen Tausenden Menschen, eines ganzen Volkes, – – Daten! Tabes dorsalis und Gehirnlähmung, ein Schritt weiter dem idealen Zustand der absoluten Passivität, der Apathie des Nirwanas entgegen.

KASPÄHR: *(Schreit laut und gellend)* Es muß etwas geschehen! Himmel! Die Leiche muß weg!

FRIEDEL PUSTE: *(kommt wieder hereingestürzt)* Die Schlacht von Belle-Allianz ist verloren! Wellington und die ganze Armee auf der Flucht! *(ab)*

BLÜCHER: Mir ist alles wurscht ..... wurscht .... wurscht ......

HÄMORRHOID: Wenn nur die Leute die Ereignisse durch Ewigkeitsbrillen anschauen wollten!

SCHUTZMANN MÖBEL: *(Macht vor dem Oberpräsidenten Front und meldet)* Exzellenz, Herr Regierungsrat Melchers läßt Sie bitten, eben mal herauszukommen, der zwei Monate alte Erbprinz Kaliko wird gleich mit seiner Amme vorbeikommen.

OBERPRÄSIDENT: *(springt, wie von der Tarantel gestochen auf und eilt mit dem Schutzmann hinaus. Draußen hört man dann heftiges Hurra-Rufen.)*

*(Blücher bleibt mit der gleichen Stellung am Tisch. Hämorrhoid schüttelt ein wenig den Kopf.)*

KASPÄHR: *(Schreit gellend und sinnlos)* Die Leiche muß weg! Es muß etwas geschehen!

DER JÄHZORNIGE: *(kommt wütend herein, sieht den fortgesetzt schreienden Kaspähr voll Haß an und knallt ihn ohne weiteres nieder)* Nicht mal sein Mittagsschläfchen kann man in Ruhe halten. *(ab)*

HÄMORRHOID: Die Tragik der Aktivität.

*(Einen Augenblick herrscht absolute Ruhe auf der Bühne. Plötzlich erhebt sich die Leiche aus dem Sarge.)*

DIE LEICHE: Ich stinke mir selbst zu stark. Es ist nicht zum Aushalten. Ich lasse mich begraben.

*(Geht, während der Vorhang fällt, langsam über die Bühne. Hämorrhoid und Blücher verharren in ihrer Apathie.)*

*Ende.*

## *... ist wohlgetan, ... ist wohlgetan*
### DIE TRAGÖDIE ALLER MARIONETTEN

Personen:

*Adalbert Kaforke,* ein sehr alter Mann
*Frau Wehneibe Plümecke,* eine energische Frau, seine Tochter
*Pelzenfröhbe Knüller,* ein Blinder aus der dritten Etage
*Fränzchen Kasseroll,* ein Leprakranker von nebenan
*Babette,* ein Dienstmädchen aus der ersten Etage
*Dr. Plack,* ein Hautarzt
*Fedor,* ein Schutzmann
*Toni Heinemann,* der liebe Gott

*Spielt auf der Bleiche bei Plümeckes.*

*Vorhang*

KAFORKE: *(ein furchtbar alter, gebrechlicher Mann; schleppt sich an Stöcken mühsam heran. Es ist wirklich ein Jammer mit so einem alten Mann. Seine Stimme: seniles Gekrächze)* Ich bin ein sehr ein alter Mann – ein sehr ein alter Mann. Ich will nichts mehr vom Leben und das Leben nichts mehr von mir. Nur Wehneibe Plümecke will, daß ich aufpasse, daß niemand auf die Bleiche geht.

KNÜLLER: *(bahnt sich vorsichtig in der Weise eines Blinden, in der Hand einen Stock, voran; gerät dabei auf die Bleiche.)*

KAFORKE: Bitte, Herr Knüller – Wehneibe Plümecke

will das nicht. Ich soll aufpassen und bin doch ein sehr ein alter Mann.

KNÜLLER: Was soll ich nicht? Drücken Sie sich bitte deutlicher aus. Im übrigen ist »ein sehr ein alter Mann« falsch. Es heißt einfach: »ein sehr alter Mann«.

KAFORKE: Wehneibe Plümecke ist dagegen, ist doch sehr dagegen.

KNÜLLER: Wogegen? Reden Sie doch vernünftig. Ich habe nicht die geringste Ahnung, was Sie wollen.

KAFORKE: Ich bin doch ein sehr ein alter Mann und Wehneibe Plümecke ist meine Tochter.

KNÜLLER: Frau Plümecke ist eine energische Person. Ich höre häufig oben in meiner Wohnung, wie sie schimpft. Ja, um Himmels willen, was will sie denn nicht?

KAFORKE: Ja, die will das einfach mal nicht, und sie hat mich hierhin gestellt, ich soll aufpassen – worauf – das habe ich nun vergessen. Ich bin ein zu alter Mann.

KNÜLLER: Ja, dann lassen Sie mich auch bitte in Ruhe. – – Sie müssen doch recht senil sein, wenn Sie die einfachsten Dinge, die Ihnen aufgetragen werden, vergessen. Sagen Sie mal, für Sie muß das Leben doch eine furchtbare Last sein.

KAFORKE: Gotte ga – gotte ga – aber das will ich Ihnen sagen – lieber alt und schwach – alt und buckelig – als blind.

KNÜLLER: Wissen Sie, ich danke meinem Schöpfer, daß ich nicht zu sehen brauche, was für eine erbärmliche Figur die meisten abgeben, daß mir alle die Geschmacklosigkeiten des Alltags erspart bleiben. Nur der Blinde kann Ästhet sein. Er ist überhaupt der Ästhet *kat exochen*.

KAFORKE: *(grummelnd)* Es ist nicht recht, Herr Knüller, zu einem alten Mann »kat exochen« zu sagen. Soweit ist es mit mir nun doch noch nicht – ich bin zwar ein sehr ein alter Mann – –

KNÜLLER: Man sollte die Menschen gleich kurz nach der Geburt blenden. Nur dem Blinden sind die Geheimnisse des Lebens entschleiert. – Haben Sie zum Beispiel überhaupt ein Innenleben?

KAFORKE: Gotte ga – ich sollte doch auf etwas Obacht geben. Wollte doch Wehneibe Plümecke haben. Kat exochen zu mir zu sagen. Ich bin in Ehren grau geworden. Ich habe das allgemeine Ehrenzeichen mit der Impfpocke in Gold.

KNÜLLER: Ob Sie ein Innenleben haben?

KAFORKE: . . . und ich sollte doch auf etwas aufpassen.

KNÜLLER: Ich frage Sie, ob Sie ein Innenleben haben?

KAFORKE: Ich leide viel an Blähungen und saurem Aufstoßen in mir.

BABETTE: *(kommt mit einem Korb Wäsche und beginnt die Wäsche auf der Bleiche auszubreiten.)* Wir haben zwar heute nicht die Bleiche, aber Plümeckes waschen ja diese Woche nicht. *(singt)*

KAFORKE: Ich sollte doch irgend etwas tun . . . was war es nur? Ich bin doch ein zu ein alter Mann.

KNÜLLER: Man kann Ihren Quatsch kaum mitanhören. – *(Nähert sich Babette)* Ihre Stimme, mein Fräulein, läßt mich den Liebreiz Ihrer Züge, den Charme Ihrer Grazie ahnen. Zarte, sündhafte Batistgedichte spreiten Sie sicher aus, mir prickelt der Duft davon in der Nase.

BABETTE: Sie sinn jut.

KAFORKE: *(murmelt fortgesetzt vor sich hin)* Wehneibe

war es ju-ju-ju. – Wehneibe sagte: bleib hier, Adalbert – bleib hier – hat sie gesagt – und passe auf, und passe auf.

KNÜLLER: Für einen Blinden gibt es nur Schönheit in der Welt – alles Häßliche berührt uns nicht. Wir lauschen einer Beethovenschen Sonate – der Genuß ist für uns vollkommen. Wir sehen nicht die schweißverklebten Haare, das verknüllte Vorhemd des Virtuosen, wir ärgern uns nicht über seine Pose. – Dann die bildende Kunst. Wir sind ein für alle Mal der Qual enthoben, heute den Neoimpressionisten, morgen den Pointillisten, dann wieder den Symbolisten, Japan – Holland, heute dem, den man Greco nennt, zuzujubeln – morgen sich für Velázquez zu begeistern und ihn übermorgen, wie Meier-Gräfe beschließt, zu verdammen – die Sterne von gestern um neuer willen zu bescheinen – – – – – Ich lasse mich, wenn die Nacht herniedersinkt, an den Saum der Wälder führen und lausche dem Spiel des Windes in den Wipfeln, lausche in den nächtlichen Wald – lausche den ewigen Symphonien Pans, und in meiner Seele entsteht ein Bild von monumentaler Größe. Ich sehe Schwärzen, wie sie keines Malers Palette birgt – ich sehe einen Himmel voller Sterne, wie keine Technik sie jemals bannen kann – – – ich möchte fast sagen Rüdi-Lühli.

BABETTE: Sie sinn jut.

KNÜLLER: Schönheit, Schönheit gehört den Blinden. Blinde Mütter haben immer schöne Kinder. Ich weiß nicht, wie meine Frau aussieht, und das ist gut. Das sollte ein Ehemann überhaupt nicht wissen.

BABETTE: Sie sinn wirklich jut.

KASSEROLL: *(Bekleidet mit Hose und Normalhemd. Hosenträger hängen hinten herunter. Die Backe ist zur Hälfte weggefressen.)* Es ist doch immer verdammt gut, wenn man weiß, woran man ist. Der Schlüssel meines Optimismus ist meine Backe. Mir kann jetzt eigentlich nichts Erhebliches mehr passieren. – Ich muß mir etwas Lehm holen für meine Backe.

BABETTE: Sie Ekel. Warten Sie, wenn das Frau Plümecke wieder sieht, daß Sie aus ihrem Blumenbeet Lehm wegholen. Nu, Ihnen wird es dann gutgehen!

KAFORKE: Gi – Gi – Wehneibe will das nicht – recht – recht – Wehneibe will das keineswegs; drum soll ich aufpassen – und ich passe auf, wenngleich ich schon ein sehr ein alter Mann bin.

KASSEROLL: Na, Alter, das ist ein Kreuz, das Leben in den Jahren, was?

KAFORKE: Solange man noch gesunde Knochen hat – gesunde Knochen hat – völlig gesunde Knochen hat – Gotte ga – kann man noch aufpassen, wenn Wehneibe Plümecke – aber sagen Sie mal, Sie haben eine recht unappetitliche Sache an der Backe.

KASSEROLL: Das ist Ansichtssache. So habe ich alleinstehender Mensch wenigstens etwas, für das ich sorgen kann.

KNÜLLER: Herr Kaforke, da ist doch eben jemand gekommen, der da eben sprach. Sie sagen, er hätte etwas Unappetitliches an der Backe. Sehen Sie, das stört mich nicht.

WEHNEIBE: *(stürmt die Bühne; keifend)* Heißt das aufpassen? Bagasch, runter von der Bleiche – und Sie, wie kommen Sie mir vor? Werden Sie sofort Ihre schlunzigen Fetzen von der Bleiche nehmen?!

DR. PLACK: *(mit dem Schutzmann Fedor; beide haben Wattebäusche vor dem Mund.)* Da ist ja der Kranke. Packen wir ihn schnell!
*(Stürzt auf Kasseroll zu.)*

KASSEROLL: *(sträubt sich)* Lassen Sie mich in Ruhe! Ich habe nichts mit Ihnen zu schaffen. –

DR. PLACK: Ein furchtbarer Fall von Lepra – schleunigst in die Baracke.
*(Schleppen Kasseroll fort.)*

KAFORKE: Ich habe es ja gleich gesagt, man soll den Leprakranken aus dem Stück lassen. Jetzt haben wir es. Ohne Kasseroll können wir nicht weiterspielen. Es ist mir aber auch schon ganz recht so. Ich weiß sowieso nicht mehr weiter. Ich bin ein zu ein alter Mann.

KNÜLLER: Das ist nun wirklich fatal. Ich hatte noch einige gute Aphorismen in meiner Rolle .....

BABETTE: Hätte ich das geahnt, hätte ich erst morgen gewaschen und wenigstens keine Scherereien mit Frau Plümecke bekommen.

WEHNEIBE: Die janze Bleich zertrampelt für nix und wieder nix.

TONI HEINEMANN: *(schreitet langsam über die Bühne; bleibt in der Mitte in großer Pose stehen; spricht mit enormem Pathos)* Ich aber sage Euch – wo Ihr glaubtet zu spielen, ward es ernst – ward es nimmermehr Schein – trügerisch Gleißwerk, nein es ist Wahrheit worden. Ich habe Euch alle überaus lieb und könnte auch alle darauf bezüglichen Sprüche, die in jedem Fatalismus zu finden sind, aufsagen. Aber das hat sich überlebt und gilt selbst bei uns nicht mehr für chic – aber ich kann Euch für dieses Mal nicht helfen. Da kommen andere Gründe in Frage – künstlerische Motive. Ihr tragt alle den Keim des Todes in Euch. Ihr seid alle von Kasseroll infiziert und werdet wie er die Lepra bekommen. Ja, ja – dies alles mußte ich so kommen lassen – dieses nämlich ist der einzig mögliche Schluß dieses Stückes. Nur so wirkt Ihr tragisch. –

*(Alle erstarren vor Schrecken.)*

*Vorhang*

## *Titti, das Schneelämmchen auf der Pfarrwiese*

Personen:

*Pepi Schlitzauf,* genannt das schwache Kind, ein Lustmörder

*Adalbert Blutrunst,* genannt der Kühne, ein zweiter Lustmörder

*Brösel Neckisch,* genannt der Tritt, ein Zuhälter

*Josef Bartlieb,* genannt der Krühmling, ein Sodomit

*Gottlieb Labe,* genannt der Revolver, ein Knabenschänder

*Hubert Quade,* ein Detektiv

*Kaspar Muhlmann,* genannt der Freund, ein Wirt

### *1. Auftritt*

*Verbrecherkneipe. Schlitzauf, Blutrunst, Bartlieb sitzen am Tisch. Blutrunst spielt mit einem Baukasten. Schlitzauf liest. Bartlieb spielt auf einer Flöte.*

BLUTRUNST: Verdammt, stoßt doch nicht so am Tisch. Ich bin im übrigen dafür, daß Krümling sein Gewimmer einstellt.

SCHLITZAUF: Mag er von mir aus flöten, soviel er mag. Wo nur der Tritt bleibt?

BARTLIEB: *(das Flötenspiel unterbrechend)* Der Tritt ist im Druck, er fürchtet, seine Stute geht ihm durch.

BLUTRUNST: Ist die Mulattenjule ihn leid? Neckisch ist doch ein patenter Kerl. *(Bartlieb stößt am Tisch.)*

Verdammt! Wer jetzt noch einmal an den Tisch stößt, renne ich mein Messer in den Balg. – – – Wir hätten der Jule die große Brosche von der dicken Minderhoff nicht schenken sollen.

SCHLITZAUF: *(sinnend)* Die dicke Minderhoff starb langsam – ein wahrhaft köstlicher Fall – sie stöhnte noch, als ich das Gedärm herausriß. – Von der Brosche sprachst du? Wer nahm die Brosche? Ich bin lediglich Genießer, aber kein Verbrecher!

BLUTRUNST: Andenken an Menschen, die einem teuer, sind verzeihlich.

BARTLIEB: Waisenknaben, ihr – als ich in eurem Alter – war ich weiter.

BLUTRUNST: *(ihn nicht beachtend)* Die Sache mit der kleinen Scheim war unser bester Fall – nuancenreicher, als die Sache mit der Dicken.

SCHLITZAUF: Nuancenreicher wohl schon – aber nicht so pastos – nicht so monumental – so michelangelesk. Die Chose mit der Minderhoff ist ein Ereignis – eine Girandole in meiner Erinnerung.

BARTLIEB: Macht euch nicht lächerlich mit euren antiquierten, überwundenen Neigungen. – Brutale Schlächter seid ihr – wenn ihr meine Liebste kennen würdet.

BLUTRUNST: Laß uns in Ruhe mit deinen ekelhaften Manieren.

BARTLIEB: Prolet! Du kennst meine Freundin nicht.

BLUTRUNST: Ein rassiges Huhn, eine brünstige Ziege – ekelhaft!

BARTLIEB: Es täte mir leid – verdammt – man nennt mich den Napoleon der Sodomie. Ich bin der Entdecker einer köstlichen Variante – eine Schildkröte.

Blutrunst: Pfui, Krühmling – eine Schildkröte!

Schlitzauf: Du bist uns zu gemein. Man kann mit dir nicht verkehren. – Wir werden durch dich in der Tat verdorben – völlig verdorben.

2. *Auftritt*

Neckisch: *(stürmt herein)* Eine Gemeinheit – eine Schamlosigkeit! Diese Dirne, dieses verdammte Biest!

Blutrunst: Die Mulattenjule?

Schlitzauf: Unpassend finde ich dein Benehmen, sehr unpassend. – Ihr verwildert!

Neckisch: Quält man sich ab mit so 'nem Weib – steckt sein Geld in so 'ne Person – zieht sie zu sich empor – was ist der Dank? Schon fängt sie sich einen anderen.

Schlitzauf: Du bist ein Egoist. – Du hast schlechte Manieren, Tritt – sehr schlechte Manieren. Ich gebe dich auf. Wer erbost sich heute über Widrigkeiten im Leben?

Neckisch: Die Sache ist für mich eine Lebensfrage. – Du hast dein Auskommen, aber ich?

Schlitzauf: Solange du Nerven hast, gehört die Welt dir. Behaupte, die Welt gehört dir, und sie gehört dir!

Neckisch: Seidene Wäsche habe ich ihr aus Brüssel mitgebracht – berückende Strümpfe – durchbrochen – rote Seide nur unten durchbrochen bis zur halben Wade – mehr als dreihundert Mark gab ich für den Traum aus!

Bartlieb: Meine Schildkröte braucht diesen Tand nicht.

Neckisch: Ich habe das Geschäft eingerichtet – ich

lehrte sie Nuancen – Nuancen sage ich euch. – Nächte habe ich durchdacht nach neuen Nuancen.

SCHLITZAUF: Du warst kulturell tätig. – Sei zufrieden mit dem Erfolg. Wer wird um ein Bündel Seide jammern?

BLUTRUNST: Die Jule hat die Brosche von uns – die große Brillantenbrosche mit dem Saphir. – Es macht mir Sorge, es wäre doch besser, wenn sie mit ihm zusammenbliebe.

SCHLITZAUF: Ich stahl die Brosche nicht. – Es ist schade um die Jule. Ich hatte sie ein Sonett von Petrarca gelehrt. – Es handelte von der Ehrfurcht gegen das Alter. – Sie sprach es so naiv zynisch. Ihr verliebter alter Marquis verbrauchte sehr viel Quecksilber – sehr viel Merkur seit jener Nacht mir ihr.

BARTLIEB: Rosinen in Milch getaucht ißt sie am liebsten.

BLUTRUNST: Die Jule?

BARTLIEB: Tor, meine Schildkröte!

BLUTRUNST: Schwein!

NECKISCH: Soll ich sie der Polizei denunzieren? Soll ich ihr auflauern und sie töten!

SCHLITZAUF: *(sinnend)* Die Jule töten. – Sie hat einen geschmeidigen Leib. – Sie hat im Leben so zuckende Bewegungen. Sie töten? – Der Gedanke ist nicht übel. – Laß es! – Nein, laß es!

BLUTRUNST: Dumm, dumm war es, ihr die Brosche zu geben.

SCHLITZAUF: Die Jule hat weißes Fleisch. – Zitterndes, kaltes, weißes Fleisch.

BLUTRUNST: Laß deine Hände davon. – Noch einen Mord verträgt diese Stadt nicht. – Laß deine Hände davon – ich habe genug!

SCHLITZAUF: Schade wäre es, eine solche Giftblume zu vernichten. Ein gleißendes Gefäß von Salviati, gefüllt mit den Lastern aller Zeiten, zu zerschellen.

NECKISCH: Anstatt geistreiches Gewäsch zu machen, ratet mir lieber, was ich machen soll ...

BLUTRUNST: Es muß was geschehen. – Die Jule muß zu ihm zurück. – Sie weiß zuviel. Mit wem hält sie es jetzt?

NECKISCH: Sie ist verliebt!! *(Schlitzauf, der wieder zu seinem Buch gegriffen hat, schaut mit Spannung auf.)* In einen kleinen Studenten ist sie verliebt, den sie füttert. – Schon drei Tage ist sie mit ihm zusammen.

SCHLITZAUF: Laß ihr diesen Ausflug in das Sittliche.

BLUTRUNST: Ich bin dafür, daß man sie tötet. Die Jule ist die einzige, die uns verraten könnte, und sie wird es!

SCHLITZAUF: Du hast recht – sie ist zu satanisch, um uns zu schonen. Lediglich aus Neugierde wird sie uns vernichten. Es ist anziehend, überaus fesselnd, ein Verhängnis zu erwarten.

BLUTRUNST: Ich verzichte gern auf den Genuß. Es *muß* etwas geschehen!

SCHLITZAUF: Warum?

NECKISCH: Wir lassen sie laufen und sind morgen verhaftet. – Sie haßt mich – sie hat mich immer gehaßt. – Meint ihr denn, sie würde über eure Taten die Schnauze halten?

SCHLITZAUF: Was der Kühne tat, verwerfe ich. Die Leute haben ja so recht, daß sie Menschen mit Nervinstinkten bekämpfen. – Sie haben in der Tat recht – ich weiß, daß gigantische Genüsse in einigen Tropfen Blausäure enden. – Ich hatte immer den Ehrgeiz, im

Frack zu sterben – in einem köstlichen Märchenraum, umgeben von Orchideen. – Pfui, in einer solchen Gesellschaft und einem solchen Milieu gefunden zu werden. –

LABE: *(kommt verstört herein)* Ihr, es ist etwas im Spiel. – Es geht etwas vor! Muhlmann hörte auf der Straße, daß man dem Mörder der Minderhoff auf der Spur sei. – Man hat die Jule verhaftet. – Meine beiden Gymnasiasten haben auch gequatscht.

NECKISCH: Mir kann man nichts wollen. Was soll man mir wollen? Ich wüßte nicht, was ich getan hätte. – Hättet ihr auf mich gehört!

SCHLITZAUF: Labe erzählt schlecht – sehr schlecht. Er hat kein Talent, Vulgäres anziehend zu gestalten.

BLUTRUNST: Du hast mich verführt. – An deinen Morden habe ich mich nie beteiligt – ich war dabei. Der Verdacht wird auf mich fallen. – *Ich war nur dabei* – ich habe nie Hand mit angelegt. – Ich kann es beschwören, daß ich nicht gemordet habe. – Auch von den Morden in Monte Carlo werde ich erzählen! Alles werde ich sagen – alles. – Du hast mich in die Sache verwickelt. – Satan! Satan!!

SCHLITZAUF: Du tust mir leid – wirklich – ich habe grenzenloses Mitleid mit dir. –

MUHLMANN: *(kommt hereingestürzt)* Das Haus ist umstellt – ihr seid geliefert! Quade hat eure Spur entdeckt.

QUADE: Guten Abend, meine Herren. Ich bedaure unendlich, stören zu müssen.

BLUTRUNST: *(hebt den Finger in die Höhe)* Darf ich einmal austreten?

*Vorhang*

# KRISTALLSPLITTER

## *Drei Fabeln ohne Moral*

### DER FUCHS UND DIE TRAUBEN

»Na, ich konnte mir auch denken, daß die Trauben noch nicht reif waren«, sagte der Fuchs und stellte den Stuhl, auf welchen er gestiegen war, um die Trauben zu kosten, wieder an seinen Platz.

Er streckte sich behaglich am Fuße des Weinstockes aus und ließ sich die Sonne auf den Pelz brennen.

Von ohngefähr kam der Rabe geflogen. Der Rabe war ein Witzbold, ein wenig Satiriker; die Tiere meinten, er sei boshaft. Er selbst hielt sich für einen Lebens-Künstler; er war stets im *evening dress*.

»Hallo, wie schaut's, alter Freund«, – Leute, die man nicht mag, nennt man gern alter Freund – rief er dem Fuchs zu.

»N Tag«, erwiderte lässig der Fuchs.

»Ah so, Traubenkur, was?«

»Zu sauer«, gähnte der Fuchs faul.

»Verstehe, verstehe«, kicherte hämisch der Rabe, flog an den Weinstock und pickte eine dicke Beere ab.

»Pfui Teufel!« Wütend spuckte er aus und flog beschämt davon.

Der Fuchs feixte befriedigt.

An einem Freitag morgen sagte der Regenwurm nach dem Morgenkaffee zu seiner Frau: »Höre mal, Traudchen, es wird mir hier unten zu muffig, ich krieche ein wenig nach oben, um Luft zu schnappen.«

»Gott, Kaspar«, ängstigte sich die Regenwürmin, »gib nur bei Leibe acht, daß dir nichts passiert. Du weißt, speziell Hühner sind so unglaublich roh und rücksichtslos.«

»Ich bin Fatalist«, sagte der Regenwurm kurz und verabschiedete sich von seiner Frau. Leise vor sich hinweinend, schaute die Gute ihrem Gemahl nach, bis er an der Biegung des Ganges verschwand.

Im Hühnerstall krakeelte zur gleichen Zeit der Hahn mit den Hühnern.

»Ich bin den ewigen Körnerfraß leid. Wenn derartig nachlässig für mich gesorgt wird, suche ich mir draußen selbst etwas. Wann hatte ich den letzten Regenwurm?« fuhr er sein Lieblingshuhn Mathilde an. »Um Pfingsten«, stammelte dieses ganz zerknirscht. Der Hahn warf die Tür ins Schloß und ging auf den Hof. –

Der Regenwurm war mittlerweile oben angelangt und hatte gerade das Loch verlassen.

»O Schrecken! Ich bin verloren«, murmelte er entsetzt, als er den Hahn gewahrte, der soeben die ersehnte Delikatesse erspäht hatte und in eiligen Schritten auf ihn zukam.

Schon bückt sich der Hahn, um sein Opfer zu verschlingen; da richtet sich der Regenwurm in seiner ganzen Länge kerzengerade auf und schnarrt dem Hahn entgegen: »Verzeihen Sie, ich bin eine Stricknadel.«

Der Hahn prallte zurück. – Da er nicht gern Stricknadeln mochte, stammelte er verlegen: »Dann entschuldigen Sie, bitte«, machte eine leichte Verbeugung und ging weiter.

Der Wurm lachte sich ins Fäustchen.

## DIE RANGIERLOKOMOTIVE UND DER PRELLBOCK

»Sie sind mir im höchsten Grade unsympathisch, um mich nicht schärfer auszudrücken«, sagte die Rangierlokomotive zum Prellbock.

Es war eine Rangierlokomotive ältester Konstruktion, die nur noch dazu verwandt wurde, auf dem Hauptgüterbahnhof Waggons, die entladen werden sollten, in ein sogenanntes »totes Gleis« zu ziehen, an dessen Ende der Prellbock stand.

»Unsympathisch sind Sie mir«, knirschte sie und rannte absichtlich hart gegen den Prellbock.

»Lassen Sie mich doch, bitte, nicht immer unter Ihrer Unzufriedenheit leiden; ich kann doch nichts dafür, daß man Sie hier auf den Rangierbahnhof gesteckt hat«, meinte der Prellbock gutmütig, »ergeben Sie sich doch in Ihr Schicksal.«

»Ergeben – ergeben – so ein dummes Gewäsch! Man möchte explodieren, wenn man es mit ansehen muß, wie man heute unreifen, unerfahrenen Laffen von Maschinen, kaum der Werkstätte entwachsen, Züge anvertraut. – Einen roten Streifen um den Schornstein und all die anderen Firlefanzereien habe ich nicht – Gott sei Dank, es täte mir leid – ich bin eine solide Person. – Ich, ausgerechnet ich, bin dazu verdammt, blöde ungebildete Güterwagen auf und ab auf diesem idiotischen Gleise zu ziehen. – Veraltet sei ich! Ha – Ha – ha! Ich veraltet! – Und Sie«, fiel sie plötzlich über den Prellbock her, »Sie haben nicht das geringste Verständnis für die Tragik in meinem Leben. – Ihre langweilige Physiognomie immer vor Augen, das geht mir, weiß Gott, auf die Nerven. – Sie sind schuld! Sie versperren mir den Weg in die Welt! Ha, wie würde ich den Herren vom grünen Tisch zeigen, was die veraltete Lokomotive zu leisten vermag; hätte ich nur freie Fahrt vor mir. – Sie – Sie versperren mir den Weg – Sie Reaktionär!! Wenn Sie wüßten, wie ich Sie hasse, vom Grund meiner Seele aus hasse. – Glotzen Sie nicht so dumm!« Sie rannte wütend gegen den Prellbock.

»Immer Ruhe, Ruhe«, suchte der Prellbock die Aufgeregte zu beschwichtigen. »Sie verbiegen sich nur die Puffer, und das ist schmerzhaft.«

Sein Phlegma erhöhte nur ihren Zorn. Rasend vor Wut pfiff sie gellend auf. – –

Tag für Tag wiederholten sich diese Szenen, und die Ausfälle gegen den guten Prellbock wurden immer heftiger, so daß es schließlich diesem, der doch eine Seele von einem Kerl war, zuviel wurde. Als wieder mal die Lokomotive in der gemeinsten Weise über ihn hergefallen war und ihn unter anderem ein »reaktionäres Mastodon« genannt hatte, riß dem Prellbock, der zwar nicht so recht wußte, was ein Mastodon sei, jedoch das Empfinden hatte, daß es ein sehr verletzendes Schimpfwort sein müsse, die Geduld, und er brüllte plötzlich los: »Lossen's mir mai' Ruah! Mai Ruah will i hob'n!«

»Sprechen Sie Hochdeutsch mit mir, Sie Flegel!« schrie die Lokomotive und kam in voller Fahrt haßerfüllt auf den Prellbock losgefahren, um sich in einem empfindlichen Stoß zu rächen. – Fast berührten ihre Puffer den Prellbock, als dieser blitzschnell zur Seite sprang; die Lokomotive sauste durch, vergrub sich mit den Rädern im Dreck, überschlug sich und explodierte mit furchtbarem Knall.

»Mastodon. So eine Gemeinheit. Diese freche Person«, murmelte vor Erregung keuchend der Prellbock und hüpfte wieder an seinen alten Platz.

## *Die Geschichte mit Jerobeams Daumen*

Jerobeam Hubbah, einem garstigen Neger, fehlte der linke Daumen. Dies verdroß ihn sehr, da er leidenschaftlich gerade gern am linken Daumen gelutscht hätte.

In seiner Not ging er zu Jakob Brösel Muhmengraul, der als ziemlich weiser Mann in der Wüste in einer Höhle dicht bei dem Hauptbahnhofe wohnte und sich äußerst selten wusch. Diesem trug er sein Leid vor.

Nachdem Jerobeam geendet hatte, versank Muhmengraul, was besonders charakteristisch für ihn war, in tiefes Sinnen, er starrte auf seinen linken dicken Zeh, der vorne aus dem kaputten Zugstiefel herausguckte und sich im Verhältnis von drei zu acht neckisch auf und ab bewegte. Dann schaute er auf, räusperte sich achtmal und sprach also: »Jerobeam Hubbah! Möher, selke, prahfe, prahfe, prahfe. Gehe in deine Hütte und rufe, wenn die Sonne beginnt zu sinken, diese Worte dreimal, und du wirst einen herrlichen linken Daumen bekommen!«

»Vergelts Gott«, stieß Jerobeam dankerfüllt hervor und schickte sich an, froh des erhaltenen Rates, zurückzueilen in seine Hütte.

»Heda, heda, ich bekomme einszwanzig für meine Bemühung«, hielt ihn Muhmengraul zurück, »dös geht nimma, nimma, ös Bazi, ös Bürschli, ös Nacketer!«

»Ich habe leider meine Börse zu Hause gelassen, ich bin doch, wie Sie sehen, vollständig nackt, wo soll ich da, weiß Gott, die Börse hinstecken«, erwiderte Jerobeam ein wenig kleinlaut. »Ich will Ihnen aber eine Klavierstunde à einszwanzig geben, ich gebe sonst keine unter einsfünfzig«, schlug er nach kurzem Nachdenken dem weisen Manne vor.

»Topp«, stimmte der dem Vorschlage zu, »aber fatal, ich habe kein Klavier in meiner Wohnung, auch die Leute auf der zweiten Etage haben keins, weil die Höhle nur aus Sutteräng besteht. Dumm, dumm! Was ist da zu tun? Halt, ich hab's!« rief er nach außergewöhnlich kurzem Nachdenken aus. »Ich lasse aus dem Waisenhaus um die Ecke zehn Waisenkinder kommen, fünf weiße und fünf schwarze, dann haben wir fünfundneunzig Zehen (einem Kinde fehlte leider Gottes ein Bein, und ein zweites hatte auch Malör am Fuß gehabt), fünfzig weiße und vierunddreißig schwarze Zehen, das sind alleweil unsere Tasten, wir haben so den schönsten Ersatz für die Klaviatur!«

»Höh, höh, höh, haaah, haah, haaah«, lachte Jerobeam sein schönes silberhelles Lachen, »eine gute Idee, eine gottvolle Idee. Man möchte aus der Hose fahren!«

»Leicht gesagt, leicht gesagt«, brummte der Weise vor sich hin, »hast ja keine Hose an, du Ferkel!«

Muhmengraul schickte Frieda eben nach dem Waisenhaus rüber, und bald kamen auch schon zwölf Waisenkinder im Stechschritt auf Muhmengrauls Höhle zu.

»Zwei sind zuviel«, rief Muhmengraul der nahenden Schar entgegen, nahm schnell seinen Flitzebogen und schoß zwei der herzigen Kinderchen mitten auf die Nase, daß sie flugs schreiend davonliefen.

»Das finde ich, offen gesagt, gemein«, konnte sich

Jerobeam nicht enthalten, zu bemerken. Er brummte noch etwas Unverständliches in den Bart, obgleich er frisch rasiert war.

Muhmengraul schickte zuerst Frieda weg, Bier holen. »Die Sache muß begossen werden. Wer gut schmiert, der gut fiehrt«, sagte er mit bedächtiger, fettiger Stimme.

Jedes Kind bekam einen hohen Kontorstuhl, der so hoch, wie es eben ging, heraufgeschraubt wurde. Die Stühle wurden nebeneinander aufgestellt. Die nackten Füße mußten die Kinder auf eine lange Bank stellen, und zwar so, daß immer hintereinander drei weiße Zehen und ann wieder zwei schwarze Zehen kamen, genau wie das so auf dem Klavier ist. Die Erfindung Muhmengrauls bewährte sich aufs glänzendste.

Herr Ibach, der im selben Moment von ohngefähr an der Hütte vorbeikam, sagte zu seinem Begleiter Adamund Schauf: »Schau sell an, schau doch den verflixten Muhmengraul nur an. Gotte neh, Gotte neh, möcht mer weiß Gott spreche.«

»Du redest dir einen rechten Mist daher«, entgegnete ihm sein Begleiter übelgelaunt.

Wie gesagt, die Sache mit der Zehenklaviatur ging vorzüglich. Auf den Zehen der Waisenkinder lehrte Jerobeam seinem aufmerksamen Schüler die Fingerstellung und die Anfangsgründe des Klavierspiels. Als sie nun in der Klavierschule von Damm gerade an »Stiefel muß sterben« kamen, schlug die Uhr fünf. Die Stunde war herum.

Jerobeam verabschiedete sich schleunigst und eilte nach Hause.

Sonnenuntergang.

Jetzt war die Stunde gekommen, die Muhmengraul bestimmt hatte zur Vornahme der Beschwörung.

Wie waren nur die Worte, die ihm Muhmengraul genannt hatte? Zu dumm, jetzt hatte er natürlich die Hauptsache vergessen. Kein Wunder, wenn einem immer dazwischen geredet wurde. Pr.... pr.... pr.... pr..... mit p fing es an, das hatte er behalten, pr..... pru.... pruhfe! Ja, so hieß das Wort, pruhfe. Daß er darauf nicht sofort gekommen war. Dreimal sollte er es sagen. »Pruhfe, pruhfe, pruhfe –« laut und feierlich klang Jerobeams Stimme in den dämmernden Abend. Schnuck, schnuck, prxxs, prrxxs, ein Ruck in der Hand, und an der linken Hand saß ein Daumen, ein richtiger Daumen.

Aber, Himmel was war das? Ein weißer Daumen! An seiner schwarzen Hand ein weißer Daumen, das war ja einfach unmöglich. Lächerlich würde er sich machen, dafür bedankte er sich schön. Dieser Muhmengraul hatte ihn angeführt. Dieser alte Wajabund. Dem wollte er es aber mal zeigen, einen ehrlichen Neger anzuschmieren. Pfui bah.

Schnell schwang er sich auf eine gerade vorbeikommende Elektrische und war in kurzer Zeit wieder bei Muhmengraul. »Schau her, du Stümpfer, was du kannst«, schrie er dem Weisen entgegen und hielt ihm die Hand mit dem weißen Daumen unter die Nase.

»Es heißt Stümper, ohne f, sprich bitte richtiges Deutsch, du Flegel«, versetzte der Alte gelassen. »Welches Wort hast du gesagt?« Fragend ruhten die Augen des gütigen Mannes auf dem Neger.

»Natürlich, genau wie du gesagt: Pruhfe«, antwortete Jerobeam schnippisch.

»Na, da sieht man es mal wieder so richtig«, brüllte Muhmengraul wütend los: »Pruhfe ist das Zauberwort für weiße Daumen. Das Wort für schwarze Daumen, das ich dir genannt habe, heißt prahfe! Bagasch, hinaus mit dir!«

Erregt ging Muhmengraul in der Höhle auf und ab, blieb dann aber plötzlich vor Jerobeam stehen und boxte ihm mit einer blitzschnellen Handbewegung unter das Kinn.

»Nun ruhen alle Wälder, Vieh, Menschen, Städt' und Felder«, begann Jerobeam mit tiefernster Stimme, mit seinem schönen, ein wenig vor Erregung zitternden Organ, indem er vor Muhmengraul in die Knie sank, die Hände flehend emporgehalten.

»Man kann ihm nicht böse sein«, brummte Muhmengraul, schon halb wieder versöhnt, vor sich hin. »Geh' nach Hause, tunke den Daumen in Tinte, dann wird er ja schwarz, und der Schaden ist geheilt.«

»Dank, edler Vater, würdiger weiser Mann, gütiger heiliger Niklas«, rief Jerobeam schwer atmend aus und rannte, so schnell er konnte, heim. Flugs holte er das Tintenfaß aus dem Schrank links neben der Tür, steckte den Finger hinein und zog ihn schwarz wie Ebenholz hervor. Dann ließ er ihn über der Lampe noch ein wenig trocknen. Kein Mensch hätte sagen können, daß der Daumen jemals weiß gewesen wäre.

»Darauf hätte ich eigentlich auch selbst kommen können«, begann er, »dafür hätte ich nicht extra zu diesem alten Grobian zu laufen brauchen. Was fiel dem überhaupt ein, mich so anzuschnauzen und zu boxen, dieser Lelbeck.«

So murrend, steckte er, ganz in Gedanken, den Daumen in den Mund und begann daran zu lutschen. Wie vom Schlag getroffen, fiel er plötzlich hintenüber, traf mit dem Hinterkopf noch den Kohlenkasten und gab in den Armen des gerade vorbeikommenden Milchmannes Döres Säftling seinen Geist auf; die Tinte war giftig, überaus giftig gewesen.

»Der Finger Gottes, wird sofort jeder sagen. Gewiß, so war es auch! –

Die Beerdigung war schön, dagegen läßt sich nichts sagen. Jeder Kutscher bekam ein Paar weiße Handschuhe und drei Mark, nur einer bekam nichts, weil er nicht mit dabei war.

Nur Muhmengraul war nicht bei der Beerdigung. Er sagte, er hätte keine schwarze Hose, aber das war gelogen. Er wollte einfach nicht. Warum? Ja wer weiß das.

## *Bäcker Baucke und der Buhmann*

»Sauerteig, Sauerteig
Ist des Bäckers Leibpläsier,
Knetet, knetet, knetet!«

Hell klang das Zunftlied aus den jugendfrohen Kehlen der vier Gesellen in den frischen Morgen. Emsig kneteten neun Hände den duftigen Teig, griffen hinein in die weiche, würzige Masse und formten hurtig Laib auf Laib.

Emil, der Lehrbub, stand am Ofen und schürte das prasselnde Feuer. Harzige Scheite schob er in das glühende Maul des unersättlichen Vielfraßes, mußte doch, wenn Bäcker Baucke in die Backstube trat, zum Backen die rechte Hitze im Ofen sein.

Bäcker Baucke war ein Mann der Tat. Er hätte sich schon längst zur Ruhe setzen können, denn der Zins eines schönen Stück Geldes auf der Sparkasse zu Jülich hätte für seinen und seiner Familie Unterhalt bei weitem ausgereicht. Aber, wie gesagt, er war ein Mann der Tat, er konnte nicht müßig gehen. Schon bei grauendem Morgen erhob er sich, ging nur notdürftig mit einer Hose bekleidet an das geöffnete Fenster und sang in den morgenfrischen Tag einen Choral, denn er war ein gottesfürchtiger Mann. Machte dann während einer Stunde Freiübungen, Kniebeugen und Armstrecken, jene Übungen, welche leider durch welsche Sitten und Gebräuche in den deutschen Familien immer mehr verdrängt werden. Nichts erfrischt mehr Körper und Geist als jene kernigen Bewegungen. Schon Bäcker Bauckes Vater, dem bei seinem denkwürdigen Zuge in das Innere Asiens von den verschlagenen Tibetanern beide Beine abgeschnitten wurden, war ein begeisterter, ja fanatischer Anhänger der Kniebeuge. Er brachte es infolgedessen zu großem Wohlstand und konnte seinem Sohn Toni ein schuldenfreies Häuschen und die blühende Bäckerei mit einer alten Stammkundschaft hinterlassen.

Wenn Bäcker Baucke jene vortrefflichen Übungen beendet hatte, ließ er voller Jugendfrische die Muskeln spielen, warf den stolzen Germanenkopf in den Nacken und trat mit strammen Schritten vor das Bett seiner Frau Selma und sagte, kein Auge von der geliebten Frau abwendend, mit vollendeter Betonung und sonorem Organ die zehn Gebote auf. Andächtig und verklärt ruhten die blauen Augensterne von Frau Selma auf dem Herzallerliebsten.

»Möllekerl«, flüsterten ihre Lippen, »Möllewauwau«, stöhnte ihr todwundes Herz. Sie war eine Westfälin, eine Cousine der roten Erde, aus Graubünden gebürtig, und war in dem furchtbaren Jahre 1887 in diese Gegend verschlagen worden. Toni Baucke sehen und sich in ihn verlieben, war das Werk einer Viertelstunde. »Die oder keine«, sagte Toni Baucke, und als der Frühling ins Land kam, war das blonde Friesenmädel Frau Baucke, und als die Schwalben im nächsten Jahre aus dem Süden zurückkamen, schaute Frau Selma bleich aus den Kissen des großen Himmelbettes mit den bunten Kattunvorhängen. Die Hebamme Klinckhammer legte dem erfreuten Toni Baucke einen zappelnden Erdenbürger in die Arme. Jahr auf Jahr kam der Storch zu Bauckes.

Auf 34 kerngesunde Buben konnte heute das stolze Elternpaar herabblicken. –

»Sauerteig, Sauerteig
Ist des Bäckers Leibpläsier,
Knetet, knetet, knetet!«

schallte es aus der Backstube. Noch einen Moment lauschte Bäcker Baucke an der Tür, bevor er eintrat, riß dann stürmisch die Tür auf und begrüßte die ihrem Herren zujubelnden Gesellen mit einem freundlichen: »Guten Morgen, Musketiere«, was seitens der fröhlichen Jünglinge mit einem fünfmaligen »Frohe Ostern allerseits« beantwortet wurde.

Dann ließ Baucke jenen scharfen Kehlschrei hören, wie er von den Waschbären am Ohio bei Nahen einer Gefahr zur Warnung ihrer Gefährten ausgestoßen wird, bemächtigte sich des eichenen, fünf Zoll dicken Schubbrettes, auf welchem in Reih und Glied die glänzenden Laibe aufgebaut waren, und schob dieses mit sicherem Griff und ohne mit der Wimper zu zucken in den Ofen. Bewundernd schauten die Gesellen auf ihren Herrn und Meister.

Bäcker Baucke schloß sorgfältig den Ofen und setzte sich auf einen Mehlsack. Dies war das Zeichen zum Beginn des Plauderstündchens. Allmorgendlich pflegte er die Zeit, während der das Brot im Ofen bräunte, in der leutseligsten Weise, in munteren Gesprächen mit seinen Gesellen, in Rede und launiger Gegenrede auszufüllen. Die Gesellen legten sich zu seinen Füßen nieder und schauten mit geröteten Wangen begierig auf ihren Herren. Gar launige Stücklein wußte er zu erzählen. So schilderte er heute ein schauriges Erlebnis aus dem

Krimkriege. Wie er, Vorposten stehend, als es Mitternacht von der nahen Kirchhofskapelle schlug, ein furchtbares Gespenst auf sich zukommen sah, das gräßlich mit einer Kette klirrte und seinen Kopf in der Hand trug. Doch unser Toni forcht sich nicht; er sprach eine kräftige Zauberformel, wie ihn sein Mütterlein gelehrt, legte die rechte Hand auf das Amulett auf seiner Brust, das aus Krötenmist und Galgenstricken verfertigt war, und begrüßte den nahenden Spuk mit dem neckischen Zuruf: »Ätsch kiß, ätsch kiß kiß, dumme Buhmann!« Das Gespenst setzte seinen Kopf wieder auf, unterließ sogleich jegliches Kettengerassel und verschwand, einen leichten Schwefelgeruch hinterlassend, im nahen Gehölze.

Schallende Lachsalven seiner Zuhörer belohnten den geistvollen Causeur.

## *Vereinfachung im Eisenbahn-Verkehr*

Der Vater will nach Cottbus. Er hat die Fahrkarte Berlin—Cottbus. Die Fahrkarte nützt dem Vater nichts. Der Vater ist ratlos.

Die Fahrkarte gilt für den Eilzug. Der Eilzug ist schon fort. Der Vater will in den Schnellzug steigen. Der Vater darf es nicht. Der Vater weint. –

Ein Schnellzug ist kein Eilzug. Wenn man schnell ist, eilt man nicht. Wer eilt, ist nicht schnell. Die Eile ist langsam. Der Vater hat Eile, will mit dem Schnellzug fahren. Das darf er nicht. Der Vater reißt sich ein Büschel Haare aus. –

Die Fahrkarte des Vaters hat keinen Längsstrich. Hätte sie einen Längsstrich, so könnte er mit dem Schnellzug fahren. Der Längsstrich ist rot. Der Vater braucht Zuschlagskarten. Es gibt Zuschlagskarten mit breiten Längsstreifen. Der Streifen ist gelb. Der Streifen ist manchmal grün. Der Streifen kann auch braun sein. –

Der Vater geht an den Schalter. Der Vater kauft eine Zuschlagskarte. Der Vater hat einen braunen Streifen. Der braune Streifen nützt dem Vater nichts. Der braune Streifen gilt bis Lübben. Der Vater will nach Cottbus. Der Vater hat in Lübben nichts zu tun. Die Sache geht nicht. Der Vater rennt mit dem Kopf gegen die Wand. –

Der Vater muß eine andere Zuschlagskarte haben. Er braucht einen grünen Streifen. Der Vater will eine Zuschlagskarte bis Cottbus. Eine Zuschlagskarte bis Cottbus gibt es nicht. Der Vater muß eine Zusatzkarte bis Schleife kaufen. Der Vater will nicht nach Schleife. Der Vater hätte eine Sammelkarte nehmen müssen. Der Vater hat das nicht gewußt. Der Vater wird tobsüchtig. –

Man bringt den Vater in die Irrenanstalt. Der Vater wird von den Wärtern totgeprügelt. Der Vater kommt in den Himmel. Die Strecke nach dem Himmel ist über 150 Kilometer. Der Vater braucht hierzu keinen roten Längsstrich und keinen bunten Streifen und keine Sammelkarte. Der Vater frohlockt über diese Vereinfachung.

# ESSAYS UND KRITIKEN

## *Herbert Eulenbergs »Ritter Blaubart« auf den Hagener Festspielen*

Hagen ist eine wunderschöne Stadt, und wer zufällig nicht darin geboren ist, gibt sich, wenn er bei seiner Ankunft aus dem Bahnhof tritt, der kühnen Hoffnung hin, hier, wie das so anderswo zu sein pflegt, eine Droschke zu finden. Man sagt, es gebe eine, und tatsächlich nannte man mir einige wenige Leute, die sie gesehen haben, denen diese Begegnung ein Erlebnis wurde, denen sie in der Johannisnacht wie eine Vision erschien, ein überirdisch Ding, das ihnen ein glückverheißendes Omen für das Leben wurde. Wir waren nicht so glücklich, und es blieb uns nichts anderes übrig, als die elektrische Straßenbahn zu benutzen, um rechtzeitig zum Beginn der Vorstellung, die auf acht Uhr angesetzt war, zur Stadthalle zu kommen.

Überhaupt Hagen. Huret, schnell fertig mit dem Wort, würde behaupten, jedes Haus in Hagen sei eine Bierwirtschaft. Er schlösse bei dieser Annahme von der Gegend am Bahnhof auf die ganze Stadt. Ich aber als bedächtiger und gewissenhafter Mensch gebe der Wahrheit die Ehre und konstatiere, daß es auch Privathäuser gibt. Irgendwo müssen doch die Leute wohnen, die dichtgedrängt die Restaurants füllen und ihre kulturelle Aufgabe in der Massenvertilgung gutgepflegter Biere erblicken, deren geistige Bedürfnisse im Skat, Billard oder Kegelspiel, in Gesprächen über die Stabeisenkonjunktur, oder aber, daß Frau Bender wieder eine neue

Bluse hat, vollauf ihr Genüge finden. Diese entzückenden Menschen aus ihrem Dornröschenschlaf der Philisterei aufzurütteln, ihnen zu zeigen, daß es außer den angeführten Dingen noch andere Werte gibt, die der Beschäftigung würdig sind, hat ein mutiger Mann und kunstsinniger Mensch von erlesenem Geschmack gewagt und, wie mit Freude festzustellen ist, mit einigem Erfolg.

Osthaus heißt dieser Mann, der der Stadt Hagen in seinem Folkwang-Museum, einer Sammlung der köstlichsten Perlen der französischen Impressionisten, Werken eines Hodler, eines Feuerbach und sonstiger ganz Großer, einen Schatz von unermeßlichem Werte geschaffen hat und nun in diesem Jahr als Gründer und Leiter der »Sommerfestspiele« auch der Bühnenkunst ein mutiger Förderer geworden ist.

Als ich hörte, daß er in das Repertoire seiner Festspiele Eulenbergs vielgeschmähten und gehaßten »Blaubart« aufgenommen hat, habe ich diesen Osthaus geliebt und bewundert um seines frischen Mutes, um seines trefflichen künstlerischen Blickes willen, gerade dieses Stück der markantesten dichterischen Persönlichkeit unserer Tage gewählt zu haben. Dieses Werk, welches bei seiner Uraufführung im Lessingtheater in Berlin einen tollen Theaterskandal entfesselte mit Gejohl, Gezisch, Geschrei, Hausschlüsselmusik und sonstigen Geräuschen, die dem absoluten Flegel als Ausdrucksform der ablehnenden Kritik dienen. Es kam zu Schlägereien im Publikum, sechs Rowdies wurden verhaftet. Und dieses Stück, dem der Dichter selbst die Warnung vorausschickt:

»Euch hab' ich dieses Märchen nicht erzählt,
Euch, denen Leben nur ein Uhrwerk ist,
Das abläuft und, von Fragen nicht gequält,
Die Rätsel alle über sich vergißt,
Und über seiner Pflicht, die es sich wählt,
Des Lebens Wert am äußeren Glück nur mißt.
Lest, hört dies nicht! Euch kann, will ich nichts
geben!« –

läßt Osthaus in Hagen, ausgerechnet in Hagen, aufführen. Und es wurde ein Erfolg, ein großer Erfolg. Bravo, Osthaus! –

Die Festspiele finden in einem von Peter Behrens stimmungsvoll ausgestatteten Saale in der auf einer Anhöhe liegenden schmucken Stadthalle statt.

Hier steht man über den hoffnungslosen Zement- und Stuck-Physiognomien der Straßen und ihrer Bewohner, von hier schaut man hinab in das brodelnde Inferno der qualmenden Fabriken, deren Hauch uns hier nicht zu erreichen vermag, von hier aus kann man den Blick hinüberschweifen lassen zu den fernen Bergen.

Die auf eine Reliefwirkung berechnete Bühne ist leider zu klein, hat also den gleichen Nachteil wie die Bühne des Münchener Künstlertheaters, an deren beschränkten Raumverhältnissen selbst die große Kunst eines Reinhardt scheitern mußte. Hoffentlich ist nach dem Fiasko der Reliefbühne in München dieses Problem nun endgültig abgetan.

Herbert Eulenberg führte sein Werk persönlich ein. Er sprach über die Berechtigung der Tragödie in unserer Zeit und gab dem Publikum so nebenbei in einer famosen Weise eine kleine Lektion über das Benehmen im Theater und stellte es anheim, zu beurteilen, ob Johlen, Zischen oder gar das Werfen mit zwar weichen, aber immerhin unappetitlichen Dingen, wie es faules Obst sei, ein Zeichen von Takt oder gutem Geschmack sei.

Dann begann die Tragödie.

Ich habe noch nie erlebt, wie ein im Grunde skeptisches Publikum so von Szene zu Szene mehr und mehr in den Bann einer Dichtung geriet, wie schon nach dem ersten Akt ein jeder unter dem zwingenden Eindruck stand, hier spricht ein Großer zu uns, wie das tragische Schicksal des unheilvollen Helden zu unserem eigenen innersten Erleben wurde, wie unsere Seelen zusammenzuckten in süßen Schauern qualvoller Intuitionen, wie alle Unzulänglichkeiten im Spiel und in der Inszenierung verschwanden, alle Hilfsmittel der Bühnentechnik zurücktraten und die Geschehnisse, die sich dort vor uns abrollten, lediglich aus der Allgewalt dieser grandiosen Sprache, aus dem Tönen dieses Dichterherzens herauswuchsen.

Es war für mich ein Eindruck, den ich sobald nicht vergessen werde.

Wem wäre das Märchen vom Ritter Blaubart nicht aus den Tagen seiner Jugend her bekannt? Wer hätte nicht mit heißen Wangen über dem großen Märchenbuche gesessen und voller Schaudern von dem Leben dieses Bösewichts gelesen? Wer hätte ihn nicht aus der Tiefe seines kindlichen Herzens gehaßt und verabscheut?

Der Ritter Blaubart Eulenbergs hat nicht unseren Haß, unser Erbarmen hat er, unsere Liebe.

Ein Fluch heftete sich an sein Leben: er mußte töten,

die er liebte. Ihm grauste vor sich selber, er, der mit Tieraugen in die Welt starrte. Er, der das Leben nicht zu erfassen vermochte, der aufschrie in seiner Qual: »Wohin rase ich, wenn ich tot bin!« Der an den Menschen, am Alltag litt. Dem alle Komödianten waren mit kleinen Geheimnissen, die sich das oberste abschwatzen, aber deren Hefe bleibt unten verschwiegen und verschlossen. Er riecht sie ihnen an, darum widern sie ihn an. –

Die Hagener Inszenierung, auf einen vereinfachten Märchenstil abgestimmt, bot gute, eindrucksvolle Bilder, soweit es die Beschränkung des Raumes und die unzulänglichen Beleuchtungs-Installationen gestatteten. Namentlich die Kirchhofszene, bei welcher seinerzeit in Berlin die Opposition einsetzte, war geschickt arrangiert. Es war damals lediglich der Fehler der Berliner Regie, daß diese so tief tragische Episode durch Unterstreichung von Äußerlichkeiten Gefahr lief, zur Groteske umzukippen.

Da stöbern Theaterdirektoren, Literatur-Professoren, Publizisten, Essayisten in Archiven, in Nachlässen nach Novitäten toter Dichter. Tuten heute ins Horn für Hebbel, verkünden morgen Grillparzer als den Messias, suchen in Rußland, in Skandinavien, in Frankreich, in allen Zeiten, allen Ländern, nach »dem« Dichter, der der deutschen Bühne die Renaissance bringen soll. Und da lebt in Deutschland ein Dichter von der Kraft Eulenbergs, unaufgeführt ruhen seine Stücke in den Theaterarchiven. Weil eine Schar Flegel sein Werk niederzischten, mußte es verschwinden.

Beschäftigt euch mit Herbert Eulenberg. Bringet uns seine Stücke auf unsere Bühnen, vor allem seinen »Blaubart«, seine »Anna Walewska«, seinen »Ulrich«. – – – –

## *Fuegos Fatuos*

### FRAGMENT AUS DEM LEBEN EINES PHANTASIERENDEN MÜSSIGGÄNGERS

*(Zu einem Roman von Otto Boyer)*

Es war im vergangenen Mai, kurz nach meiner Rückkehr aus Italien.

Wir hatten uns eines Abends spät zufällig im Kaffeehause getroffen.

Ich war aus den Tagen halkyonischer Beschaulichkeit unter Lorbeer und Oliven in unseren sogenannten lieblichen Mai mit Regen, Wind und laufenden Nasen hineingeraten, und es war mir noch nicht so recht gelungen, eine schmerzliche Sehnsucht nach dem Sonnenlande jenseits der Alpen zu überwinden und mich in meiner Heimat wieder so völlig zu akklimatisieren. Die Tretmühle des Alltags, das bittere Muß des Broterwerbs (ohne Brot kann man doch den Kaviar nicht andauernd essen!), waren auch nicht dazu angetan, mich das sorglose Leben unter ewig blauem Himmel so leicht vergessen zu machen.

Was lag näher, als daß ich einer verstehenden Seele gegenüber mein Herz ausschüttete und von dem herrlichen Lande zu schwärmen begann, wo mir jeder Tag ein Fest, eine Girandole fabelhaften Erlebens, jede Stunde eine neue Erkenntnis von der trunkenen Schönheit des Seins gewesen war. Ich erging mich in übertriebenen Superlativen, pries Italien in den verstiegensten Dithyramben und erklärte es mit dem großen Pathos absoluter Überzeugung für den einzig möglichen Aufenthalt des fein differenzierten Kulturmenschen von heute.

Otto Boyer hatte den Strom meiner Begeisterung ruhig über sich ergehen lassen, ohne den Versuch zu machen, zu bremsen. Er hatte vor sich hingeschaut und tiefe Züge aus seiner aus einem Maisblatt gewickelten Havannazigarette eingesogen. Mich ärgerte es ein wenig, bei ihm kein Echo meines Enthusiasmus zu finden. Ich wurde fast aggressiv tendenziös und warf mit altbewährten Schlagwörtern um mich. Dann war es ihm zuviel geworden, und er hatte angefangen, nun seinerseits gegen das Land meines Schwarms Spanien, an das er sein Herz, seine Sehnsucht verloren hatte, auszuspielen.

»Ich kann mir nicht helfen, ich mag Italien nicht. Man hat sich im Laufe der Zeit, namentlich wir Germanen mit unserem traditionellen Heimweh nach der apenninischen Halbinsel, zu viel für dieses Land begeistert«, so hatte er begonnen. »Die Sensationen sind zu häufig angefaßt worden, das Land ist abgegriffen. Es ist zu oft mit Kommentaren zum Gebrauch für das Volk, in Familien und in der Schule versehen worden. Man hat es systematisch veroberlehrert. Alle primäre Genußmöglichkeit ist einem genommen. Bei jedem Eindruck, der an uns herantritt, drängt sich uns unwillkürlich auf, hier hat Goethe das gesagt, Heine hat bei dieser Gelegenheit so empfunden, der gute Seume hat sich hierüber in diesen Worten begeistert. Natürlich ist man in den meisten Fällen nicht arrogant genug oder zu bequem, seine eigenen Empfindungen zu analysieren, sondern tritt prompt in die Begeisterung laut Literaturstunde ein.«

Ich versuchte mit aller mir in dieser späten Stunde noch zu Gebote stehenden Rhetorik gegen ihn anzureden. Da er aber viel stärker war wie ich – ich meine natürlich physisch –, gab ich es bald auf und ertappte mich sogar dabei, daß ich ihm in vielem ein wenig recht geben mußte.

»O über die Horden, die alljährlich über die Alpen ziehen mit Rundreiseheften dritter Klasse (Dampfer zweiter Klasse)«, klagte mein Visavis. »Die Mannen mit grünen Bazihütchen mit oanem Buschen aufi, in Wollhemden mit Troddeln am Hals heraus, die Chiasso ›Schiasso‹ aussprechen, denen ein vollgestampfter beulenartiger Rucksack die geniale Kurve gibt, und die leicht dazu neigen, eine Gegend nach den Bierverhältnissen zu taxieren. Dann die Weibsen, o Gott! Im Lodenkostüm, ›in Sturm und Wetter erprobt, Wettertrotzer‹, mit Schmutzriemen, mit dessen Hilfe sich der Kleiderrock wie eine geraffte Portiere in graziösem Faltenwurf um den wackeren Embonpoint drapieren läßt, mit der Bädekersternbegeisterung, mit ausgelatschten Zugstiefeln, auf den Spuren Goethes wie Polizeihunde. Ja, diese Gesellschaft hat die feinen unsichtbaren Geister, die aus alten Kulturen aufsteigen und dem Verstehenden wunderbare Geheimnisse zuraunen, vertrieben!«

Es war leider zu wahr! Ich hatte sie gesehen, meine lieben Landsleute, wie sie der zu früh verstorbene Wilke so glänzend zeichnete.

»Spanien« – wie köstlichen Wein ließ Boyer das Wort über die Zunge gleiten – »Spanien, das ist das Land der ungehobenen Schätze, Neuland für die Jagenden in den Gefilden okkulter Sphären. Ich habe zwei Jahre in

Spanien gewohnt, und es lockt und singt, und eines Tages werde ich wieder dorthin zurückkehren.«

Er beugte sich über den Tisch zu mir herüber und flüsterte mir geheimnisvoll zu: »Dort erleben wir Dinge, von denen sich unsere Schulweisheit nichts träumen läßt.«

Von Sevilla sprach er dann, und ich hörte den Klang der Kastañuelas und sah die schlanken Majas mit langsam graziösem Wiegen die Sevillana, den Tanz der keuschen Wollust tanzen. Granada zauberte er mir vor Augen, die Wunder der Alhambra, und aus seinen Worten wuchsen mir die Mondscheinnächte im Löwenhofe dieses Märchenschlosses.

Ich begleitete ihn auf seinen Ritten durch die wildzerklüfteten Täler der Sierra Nevada, schritt mit ihm über blühende Lavendelfelder, trieb mich mit ihm dort, wo am Genil in Erdhöhlen die Gitanas, die spanischen Zigeuner hausen, herum.

Wie gebannt lauschte ich ihm, als er anhub zu erzählen von seinem einsamen »Carmen de San Pedro«, einem verfallenen Häuschen noch aus maurischer Zeit inmitten eines verwachsenen Gartens, in welchem er seine Wohnung aufgeschlagen hatte. Wie zu nächtlicher Stunde dort Gäste aus transzendentalen Fernen sich zum Besuche einstellen. Von dem Spuk, der Vision der Mondfrau. –

Der Morgen graute, als wir auseinandergingen, und lange habe ich die Erinnerung an diese Nacht im Kaffeehause und an die Schilderungen Otto Boyers mit mir herumgetragen.

Heute, nach Monaten, liegt ein Buch auf meinem Schreibtisch. Wie grüne Patina ist der Einband, seltsame Geheimnisse scheinen die Deckel zu bergen, ein Locken geht von dem Bande aus.

Es ist das Buch des Düsseldorfer Malers Otto Boyer »Fuegos Fatuos«. Ein Roman, der soeben in dem Verlag von Schmitz und Olbertz erschienen ist. Der feine, in Düsseldorf lebende Wiener Künstler Max Benirschke hat in der Ausstattung den geheimnisvollen Grundton des Werkes in genialster Weise getroffen.

Boyer widmet sein Buch Kurt Kamlah, der seine Liebe für Spanien mit ihm teilt und selbst vor einigen Jahren ein treffliches Buch über Spanien herausgab. –

Unwillkürlich tauchte jene durchplauderte Maiennacht im Kaffeehause wieder vor mir auf, als ich begann, in dem Buche zu lesen. Spanien erstand vor meinen Augen. Das Spanien einer Künstlerseele, eines ringenden Menschenkindes, das mit feinen Sinnen durch die Welt geht. Ein wahrer Künstler hat dieses Buch geschrieben, der die Worte nicht minder wie die Farben seiner Palette zu meistern weiß.

Vieles, was er mir in jener Nacht erzählte, fand ich wieder in diesen Bekenntnissen. Roman steht zwar auf dem Umschlag, der Untertitel: »Fragmente aus dem Leben eines phantasierenden Müßiggängers« scheint mir indessen prägnanter die Art dieses Buches, ich möchte fast sagen dieses Tagebuches zu bezeichnen.

Oft möchte es mich dünken, als ob der Autor mancher Episode aus der Jugend seines Helden, die er in dessen Meditationen einflicht, wohl als eigenen Kindheitserinnerungen ein wenig zu viel Liebe schenkte. Es ist schwer, über den Geschehnissen zu bleiben, wenn sein Kunstwerk auf dem Boden des Selbsterlebten erwächst. Wohl aus der Erkenntnis dieser Gefahr heraus bat Oscar Wilde seinen Freund André Gide, der ihn als einer der ersten seiner Getreuen nach seiner Entlassung aus dem Zuchthause in dem kleinen bretonischen Fischerdorfe aufgesucht hatte, beim Abschied: »Hören Sie, *dear,* nun müssen Sie mir etwas versprechen. Die *Nourritures terrestres* (ein Werk Gides, das gerade erschienen war), das ist gut – – – das ist sehr gut. Aber *dear,* versprechen Sie mir, niemals wieder ›Ich‹ zu schreiben. In der Kunst, sehen Sie, gibt es keine erste Person.« –

Und vielleicht liegt auch gerade in dieser Subjektivität wieder ein exquisiter Reiz des »Fuegos Fatuos«.

Spanien wurde dem Maler und Dichter Otto Boyer das große Erlebnis, das erzählt uns dieses sein Buch, das kündete uns damals nach seiner Rückkehr eine Kollektivausstellung in der Kunsthalle.

»Fuegos Fatuos« heißt das Buch. »Fuegos Fatuos«, »Phantastische Flammen«, wie sie auf den Gräbern des Kirchhofes bei Granada nächtlich tanzen (der Phosphorgehalt des Erdreiches ist die Ursache dieses Phantoms) locken uns von Kapitel zu Kapitel, schrecken uns wohl auch und versengen unser pochendes Herz.

Kein Buch für selbstzufriedene Banausen, die als erste Forderung die an einen Roman stellen, daß er sich »nett« liest und daß man sich vor allen Dingen darin kriegt. Denen der Kritiker eines Berliner Blattes wohl aus dem Herzen gesprochen hat, wenn er sich in einem Essay über den neuen grandiosen Roman von Hanns Heinz Ewers »Die Teufelsjäger« über die Erfordernisse eines Romans nach seinem Herzen wie folgt ausließ: »– – Ewers hat kein Recht, seine Phantasien Roman zu nennen. Ein solcher soll uns Geschehnisse zeigen, die sich in dem gewählten Rahmen oder auf dem betretenen Boden auch wirklich abspielen können, und wenn wir ihn aus der Hand legen, müssen wir die Empfindung haben, daß auf seinen Seiten Menschen an uns vorüberschritten, die gut, groß, schlecht, jedenfalls Charaktere. Und der beste Roman ist wohl jener, den wir nur zögernd aus der Hand legen mit den Worten: So lieben Menschen möchte ich begegnen!« Armer Hanns Heinz, armer Edgar Allan Poe, Scheerbart, Meyrink, Baudelaire, Isle-Adam, d'Aurevilly, Gautier, Wilde! – Weh euch allen, ihr Phantasten! – –

Boyers Buch ist für denkende Menschen geschrieben, für hellhörige, die die heimlichen Kräfte, die uns umgeben, zu ahnen vermögen. Für Mutige, die das Hordenleitseil der Konvention fahren ließen. –

Durch die Blätter voll glühender Schilderungen spanischen Lebens und der Natur spinnt sich ein wundersames Gedicht, tönt ein Tristansches Klingen von Entsagung und Liebesnot: Die Geschichte der Liebe des seltsamen Helden zu Teresa und seine Erlösung aus den dumpfen Umschlingungen dämonischer Kräfte.

Otto Boyer hat sich viel mit der indischen und mittelalterlichen Mystik befaßt und läßt nun, wohl aus eigenem Zwiespalt heraus, seinen Helden nach Erkenntnis der Wahrheit ringen und ihn zum Schluß durch das Chaos um und in ihm tosender Mächte und Empfindungen, aus tiefster Zerrissenheit siegreich seinen Weg zum Licht finden. Ruhe läßt er ihn finden nach langem Irren bei den Meistern im Herzen Asiens.

»Und dann habe ich mich rüstig aufgemacht und bin ostwärts gegangen, als ein neuer sehender Mensch dem Lichte entgegen. Doch bis zu ihm war ein mühsam langer Weg von vielen kurzen Jahren, darüber meine Haare dünn wurden und meine Verwandten mich vergaßen. Ein Vergessener und Namenloser wanderte ich auf den alten Heerstraßen der Menschheit über öde Gebirge und durch üppig fruchtbare Niederungen, durch Wüstensand, unter dem die Kultur uralter Reiche schlummerte, und durch die Ruinen vieltausendjähriger Tempelstädte mit Steinen voll seltsamer Inschriften. – – – In den wilden Schluchten des Kaukasus feierte der junge Frühling seine bunten Feste – – – In Persiens Gärten, wenn die schwüle Nacht mit schweren Flügeln über die Rosenhecken strich und der Mond mit bleichen Vampyrlippen gierig die glühenden Farben der Blumen aufsog, stand ich schaudernd bei dem grausen Anblick wahnwitzig satanistischer Auswüche eines heimlichen Kultes.«

So irrte er durch die Welt, bis er sein Ziel erreichte: »– – und ich kam nach Indien, dem lauen duftgewürzten Bade okkulter Fluiden. Und weiter, immer weiter wandernd drang ich tief in das Herz Asiens, in die Verborgenheit unbekannter Wüsteneien zu den Meistern in der Einsamkeit – – – – – – – – und einer grüßte mich mit einem tiefen Blick seiner dunklen Augen, winkte mir, mich zu ihm unter den Baum zu setzen, und sagte ganz einfach: ›Ich habe dich erwartet, es ist gut, daß du gekommen bist!‹«

## *Der Mann mit der Maske*

*(Zu dem Gedichtband »Moganni Nameh« von Hanns Heinz Ewers)*

»Einige Leute sagen, er sei ein sehr weicher und zarter Lyriker. Andere aber behaupten, er sei der bluttriefendste Erzähler grausamer Geschichten. Manche erklären ihn für einen lieben alten Märchenerzähler. Wieder andere schwören darauf, daß seine Stärke in der Satire liege. Sicher ist, daß er immer mit einer Maske herumläuft, und daß kein Mensch weiß, wer er eigentlich ist«, so schreibt ein Anonymus, der sich Peter Squentius nennt, zur Silhouette des Dichters Hanns Heinz Ewers im Anhang des Romans der Zwölf.

Dieser Peter Squentius hat recht. Hanns Heinz Ewers ist ein Problem. Eine Nuß für den gewissenhaften Literaturregistrator. Ein *enfant terrible* für die schablonisierende Kritik. Ein Chamäleon künstlerischer Variationen, dem mit landläufigen, hergebrachten Taxierungen nicht beizukommen ist.

Der Mann mit der Maske!

Der moderne Ahasver mit dem Kainszeichen eines seltsamen Genius, eines Jagenden in den Gefilden menschlicher Leidenschaften nach neuen unbekannten Sensationen, eines Wissenden furchtbarer Geheimnisse von Kulten und Riten voller Blut und Grauen, eines Verstehenden geheimnisvoller okkulter Kräfte, eines unersättlichen Sammlers verfluchter besessener Seelen.

Ich erinnere mich noch gut des Eindrucks, als ich

Hanns Heinz Ewers zum ersten Male sah. Er empfing mich in seinem Studio. Seltsamkeiten aller Zeiten und Länder füllten den Raum. Vom Fenster aus sah man in einen alten Klostergarten, in welchem betende Mönche ernst und gemessen wandelten.

Eine eigentümliche suggestive Wirkung ging von diesem Manne aus, der da vor mir saß und aus seiner Zigarette, die von einer kleinen goldenen, an einem Fingerring befestigten Gabel gehalten wurde, dicke Wolken in die Luft stieß.

Er sprach in kurzen abgerissenen Sätzen, scharf und hart.

Von einer westindischen Sekte von Teufelsanbetern erzählte er, deren blutige Geheimnisse zu erforschen, ihm, als er auf Haiti weilte, gelungen war, von der heutigen Existenz satanistischer Gesellschaften in Europa, von schauerlichen Kulten vergangener Epochen, von den Rosenkreuzern, von allen diesen geheimnisvollen Dingen, von deren Existenz der brave Normalbürger in den meisten Fällen keine Ahnung hat und auch nichts wissen will, aus Furcht, sein Bierherz könnte sich überschlagen oder gar die Verdauung leiden.

Ewers ist der einzige unserer Modernen, der sich seit Jahren intensiv mit diesen schwarzen Problemen künstlerisch und wissenschaftlich befaßt und wohl als der beste Kenner dieser Materie anzusprechen ist.

Ich mußte, während Ewers sprach, immer auf seine Hände schauen: brutale, grausame Hände. Hände, die das Streicheln verlernt hatten, die sich krampften voller Sehnsucht nach den wilden Festen, von denen ihr Herr berichtete. Das war der Jünger der schwarzen Magie, der Satanist, der da vor mir saß, der »Das Grauen«, »Die Besessenen« und den »Zauberlehrling« schrieb, der vor kurzem in Berlin einem atemlos lauschenden Publikum die Thesen seiner dunklen Wissenschaft verkündete. Der es versteht, uns durch die außergewöhnliche Kraft seiner Schilderungen, seine Phantasien, seine Träume, seine Bilder lockender Furchtbarkeiten zu Wirklichkeiten, uns zu zitternden Zuschauern, zu schaudernden Genossen seiner blutigen Mysterien zu machen. –

Eine andere Maske!

Einen Weisen traf ich an. Phylax, der Papagei, der ihn auf seinen Reisen stets begleitete, saß ihm auf der Schulter, schmiegte sich voller Liebe an seinen Herrn und rieb den Kopf an seinen Wangen. Das Tier wußte sich geliebt.

Als einen spottenden Weisen fand ich den Dichter, der über die Torheiten der Welt und das Getue der Menschen lachte, der sich zu den Tieren flüchtete mit seinem großen Herzen, da er der Menschen müde war.

Den Märchen- und Fabelerzähler, den Dichter lustiger Schnurren fand ich in diesem Manne mit dem bunten Vogel auf der Schulter, dessen Lippen sich lustig kräuselten und zogen in spöttischem Lachen. – –

Eine andere Maske!

Ich halte »Moganni Nameh«, die bei Georg Müller in München erschienenen Gedichte von Hanns Heinz Ewers in meinen Händen. Ein seltsamer, kostbarer Band, dem die große einzigartige Kunst von Ilna Ewers-Wunderwald, die neun ganzseitige Schwarzweißzeichnungen dem Buche beigab und den Einband und das Vorsatzpapier zeichnete, einen ganz außerordentlichen Wert verleiht. –

Diesen Hanns Heinz, der süße Frauenlieder singt, diesen Pierrot, der uns seine goldene Käthi, seine Stenie preist, der als der »Neuromantik tollster Ritter« auf seinem Goldfuchs in die Lande reitet und im einsamen Wiesental sein Gedicht »Syringen« (im Zyklus: Blumen brach ich), gewoben aus Blumenduft und blauer Maiennacht, erlebt, der tiefe echte Töne findet in seinem Gedicht »Mutter« (im Zyklus: Empfindsamkeiten) – diesen Hanns Heinz kannten wir noch nicht.

Ein anderer Mensch steht plötzlich vor uns, nicht der Sänger des Blutes mit den grausamen Händen, nicht der Erzähler lustiger Fabeln und Satiren mit dem sarkastischen Munde, ein feiner empfindsamer Dichter tritt uns entgegen, mit einem Herzen voller Sehnsucht nach Liebe, nach weichen kosenden Frauenhänden, dessen große Augen die Tränen um gestorbene Liebe kennen.

Moganni Nameh! Eine neue Maske oder eine alte einst abgeworfene Maske wieder vorgebunden?

Geständnisse, Tagebuchblätter eines ehrlich Ringenden, dessen frühe Verse schon von einer feinen Wortkunst und einer großen Lebenskultur zeugen, die von einem Menschen erzählen, der sich eines Tages seines Herzens schämte und die frechbunte Faschingslarve, die rosenrote der Liebe und die malvenfarbene sterbender Sehnsüchte in der tollen Lebensfahrt von sich warf, um der schwarzen Maske willen, in welcher er sich heute am liebsten zu zeigen pflegt. –

Am meisten entsprechen wohl dem Ewers von heute seine in den letzten Jahren entstandenen Gedichte des Zyklus »Westindische Sonette«, die ich mit Delphi für die reifsten Schöpfungen der Sammlung halte. Auch möchte ich die Fabelgedichte nur ungern entbehren.

Eine schauerliche Vision voll erschreckender Melancholie und Hoffnungslosigkeit gibt uns Ewers mit einer enormen künstlerischen Prägnanz in dem Gedicht:

La Guaira

Und diese wahnsinnstarke Sonne glüht,
Zwei schreiten wortlos zwischen Häusermassen
Und trinken heißen Tod aus leeren Gassen,
Wo keines Lebens heißer Atem blüht.

Da wacht der Tod, daß man ihm keines raube
– Glutkrämpfe schütteln einen Hungerhund,
Die Rippen fliegen, Schaum entquillt dem Mund,
Den trinkt die Sonne gierig aus dem Staube.

Zwei schreiten wortlos auf verkohltem Grase.
Die Würmer pochen tief im Ahornbaum,
Und schläfrig hockt der Geier auf dem Aase.

– Das alles, weiß ich, ist ein schwerer Traum,
Den andere von uns träumen. Eine Phrase,
So leer wie dieses Hundes Geiferschaum.

Eine besondere Würdigung als abgeschlossenes Kunstwerk für sich verlangen die Zeichnungen von Ilna Ewers-Wunderwald, die jedem Zyklus vorangesetzt sind und den Gedichten ihr Leitmotiv geben.

Mit einem feinen Verständnis, mit einem exquisiten künstlerischen Geschmack hat diese geniale Frau für »Moganni Nameh« einen eigenen persönlichen Stil gefunden. Eine seltsame Suggestion geht von diesen Blättern aus, eine hypnotische Kraft, etwas Lockendes steckt in diesen Schwarzweißphantasien, von welchen einige, so paradox es auch klingen mag, auf mich direkt als *farbige* Sensationen von außerordentlicher Intensität wirken. Ich möchte sagen, daß in dem farbigen Moment überhaupt das Geheimnis der Ilna Ewersschen Kunst und der berauschenden, suggestiven Wirkung ihrer Blätter zu suchen ist. Ich erinnere an die eigentümliche auffallende Anziehungskraft, die die Ausstellung ihrer farbigen Werke hier in Düsseldorf, wie auch in der Berliner Sezession – die Kollektion geht jetzt, einer Einladung folgend, nach London – allgemein auf das Publikum ausübte.

Sehr geistreich und treffend charakterisierte der Kritiker der »Frankfurter Zeitung« diese einzig dastehende Farbentechnik: »Man denke sich einen Beardsley in der Farbenpracht Herkomerscher Emailmalerei und man hat nur einen ganz vagen Begriff dieser Kunst, die sich eben mit nichts bereits Vorhandenem vergleichen läßt. Vielleicht mußten ein Beardsley, die japanische und die indische Kunst vorhergehen, daß dieses Talent auf ihrem Acker reifen konnte; aber hier kann man höchstens von Anregung, nicht von Anlehnung, geschweige denn Nachahmung reden ... « –

Eine unendlich feine Wirkung erzielt die Künstlerin in dem Blatte »Stunden der Seelen«.

Von einem absolut sicheren Stilgefühl, von einer genialen Beherrschung der Fläche zeugen die Blätter »Blumen brach ich«, »Lieder der goldenen Kätie« und die Zeichnung zu den »Westindischen Sonetten«.

Hanns Heinz Ewers und Ilna Ewers-Wunderwald rüsten sich, nachdem sie im Laufe der letzten Jahre die ganze lateinische Welt durchstreift haben, nun zu einer Reise nach Indien.

Mit Spannung erwarten wir die Früchte dieser Fahrt in das Wunderland der Sehnsucht und der Träume jeden Künstlers.

## *Hanns Heinz Ewers als Reiseschriftsteller*

Hanns Heinz Ewers, der Verfasser von Romanen und Novellen, voll von Seltsamkeiten und Geheimnissen, der feine Lyriker, der lustige Fabel- und Märchenerzähler, brachte vor zwei Jahren mit einem Bande Reiseskizzen »Mit meinen Augen, eine Fahrt durch die lateinische Welt« (Verlag Konrad W. Mecklenburg, Berlin) eine völlig neue und originelle Note in die Literatur der Reiseskizze, diese tägliche Zeitungskost, die sich so oft durch lehrhafte Langeweile und Sterilität auszeichnet und letzten Endes nur nachkaut, was in den Reisehandbüchern zu finden ist.

Mit Heinescher Grazie und Humor sind diese Reisebilder hingeworfen. Er will keinem Führer Konkurrenz machen, will nicht vom Katheder sprechen, sondern will uns nur durch die bunte Brille des Dichters Momentbilder von Menschen und Dingen, die seltsam sind und nicht am Wege liegen, von dunkeln Winkeln, die der Reisende meidet oder an denen er achtlos vorübergeht, schauen lassen.

Dieser erste Band Reiseskizzen erregte allgemeines Aufsehen.

Hanns Heinz Ewers hat nun in einem neuen Bande die Eindrücke seiner vorigjährigen Indienfahrt niedergelegt.

»Indien und Ich« (Verlag Georg Müller in München) nennt er diese Sammlung von Skizzen (von denen mehrere im »Düsseldorfer General-Anzeiger« erschienen sind).

So farbenfreudig und eigen wie die originelle Umschlagzeichnung von Ilna Ewers-Wunderwald ist der Inhalt dieses Buches. Wer anders auch sollte uns von Indien und seinen Rätseln erzählen als Ewers, der genaue Kenner und Versteher okkulter Geheimnisse, der feine Psychologe und Kenner seelischer Ekstasen und Merkwürdigkeiten? Der aller Herren Länder sah, die Seele alter Kulturen an ihren Stätten aufnahm?

Ein Vorwort des Dichters leitet die Sammlung ein. In einer heiteren, selbstironisierenden Weise erzählt er, wie diese Skizzen entstanden; er glaubt sogar, sich wegen dieser »Reisefeuilletons« als Künstler entschuldigen zu müssen. Da tut sich der Künstler und Dichter großes Unrecht, denn diese kleinen Ausschnitte aus dem indischen Leben sind buntschillernde, fein ziselierte Kunstwerke, die ich in dem reichen Schaffen Ewers' auf keinen Fall entbehren möchte.

Von Bajaderen und Nautchgirls erzählt er uns, von Fakiren, Yogis, Gosain, von Schlangenanbetern und Schlangenbeschwörern, von Edelsteinen, Elefanten und deutschen Musikanten. Diese Schilderungen sind Kabinettstücke einer vollendeten Erzählerkunst, oft mit einem wunderbaren Sarkasmus gewürzt.

Er führt uns in Tempel und Tempelstädte und zeigt uns die Mysterien von unbekannten Kulten.

Er schildert die Waldmenschen Ceylons.

Er gibt uns Aufschlüsse über den ausgestoßenen Stamm der Robiyas auf Ceylon. Als Gaukler und Schlangenbeschwörer die Männer, als Tänzerinnen die Frauen, ziehen sie durch das Land. Sie sind tief verachtet: Henker waren ihre Väter. Und sie sind sehr schön: Ihre Mütter waren Königskinder.

Er leitet uns zu den Türmen des Schweigens auf Malabar-Hill, wo die Parsen ihre Leichen den Geiern zum Fraße bieten. »Das ist Zorbasters seltsames Gesetz. Die Leiche ist unrein; sie darf die heiligen Elemente nicht beflecken. So darf der Tote nicht verbrannt oder in den Fluß geworfen werden wie bei den Hindu – – – denn er würde Wasser und Feuer verunreinigen. Er darf auch nicht begraben werden wie bei den Christen und Mohammedanern, denn er würde die heilige Erde beflecken. Noch darf er in der Luft verwesen – die heilige Luft würde unrein werden. So gibt es nur eines: Das tote Wesen muß in ein anderes Wesen übergehen.«

Das Buch enthält eine reiche Anzahl von Reproduktionen von vom Dichter aufgenommenen Photographien. Wir sehen Fakire in ihren Büßerstellungen, den einen auf seinem Nagelbrett sitzend, einen anderen mit fest gewachsenem, erhobenem Arm Buße tun. Nautchgirls und schöne Frauen vom Stamm der Robiyas hat er mit seiner Kamera gebannt. Alle Tempel und Bauwerke von Bedeutung zeigt er uns.

»Ich will hier keine Ordnung, verehrter Leser«, so schließt Ewers sein Vorwort, »will weder Ihre ethnographischen noch Ihre geographischen, weder Ihre religionsphilosophischen noch Ihre kunsthistorischen Kenntnisse bereichern. Ich will weiter nichts, als Ihnen ein paar Ausschnitte, ein paar rasche Bilder geben, die immerhin darnach angetan sein mögen, einen raschen Blick in das merkwürdige Wunderland tun zu lassen, das wir Indien nennen. Und will Ihnen ein wenig Lust machen, zu reisen . . .«

## *Eine Eulenberg-Premiere in Koblenz*

Koblenz, den 2. Nov. 1911.

Im Abteil war es nicht mehr auszuhalten.

Ich hatte das Werk des Dichters bei mir und gedachte, auf der Fahrt darin zu lesen.

Ich saß eingekeilt in eine Gesellschaft von Leuten, die von der Börse kamen. Zahlen flogen hin und her. Es wurde notiert und gerechnet. Man geriet in hitzige Dispute. Man schrie sich Grobheiten zu. Ein starkes, gegenseitiges Haßgefühl schien diese Leute zu beherrschen. Sie waren wie Feinde voller Erbitterung aufeinander. Und die Worte: Geld, Summen, Termin, Verdienst, Preise, Geld, Geld, Geld gellten ununterbrochen in den Tanz entfesselter Gier.

Ich flüchtete in den Speisewagen, hier fand ich es nicht besser. Agio, Valuta, Prozente, Geld, Geld, Geld schwirrte es auch hier von allen Seiten um mich herum.

Eine fixe Idee schien alles andere Denken bei diesen Menschen ausgelöscht zu haben. Mir grauste vor ihnen. Ich trank eine Flasche Burgunder.

Das war meine Fahrt nach Koblenz, der Auftakt für Herbert Eulenbergs neues Stück »Alles um Geld« im Koblenzer Stadttheater.

Das Geschnatter und Gekeif der Menschen, die von der Börse kamen, wollte mir nicht aus den Ohren. Es kroch mir in die Sinne, stieß in mein Gehirn, bohrte sich in alles Denken: Geld, Geld, Geld!

Und dann wollten sie alle Geld haben, der Gepäckträger und der Droschkenkutscher und der Kellner und der Schaffner: Geld, Geld, Geld!

Und dann fielen mir eine Schneiderrechnung und andere häßliche unbezahlte Noten aus der Tasche und flatterten hämisch um mich herum und piepsten: Geld, Geld, Geld!

Geld, der große Götze unserer Tage, vor dem die Scharen rutschen, dem sie ihre fadenscheinigen Seelen und trockenen Herzen und spärlichen Ideale opfern!

Dank dem Dichter, dem feinen Empfinder unserer Zeit, Herbert Eulenberg, daß er diese Tragikomödie des Geldes schrieb. Nach all dem mutigen, frisch-frohen Streiten in den letzten Jahren gegen kultur- und idealfeindliche Schädlinge, unbekümmert um das Gekläff der Menge, jetzt dieser Ritt gegen den Götzen Mammon, bravo Eulenberg!

Eulenberg schrieb vor einiger Zeit eine wundervolle Novelle: »Das Geheimnis der Frauen« und bewies in diesem Kunstwerk ein seltenes Verstehen der feinsten Regungen einer weiblichen Seele. Auch in der Charakterisierung der Frauengestalten in seinen Stücken liegt dieses subtilste Mitempfinden und tiefste Ergründen seelischer, letzter Geheimnisse einer Frau. Frauen ehren den Dichter. Der Frauenbund zur Ehrung rheinischer Dichter, eine Vereinigung kunstfreudiger Damen, erkannte den diesjährigen Preis des Bundes Herbert Eulenberg zu für sein Stück (so bezeichnet er es) »Alles um Geld«.

Am 2. November kam dieses Stück im Stadttheater in Koblenz zur Aufführung.

Das Koblenzer Theater ist ein uraltes Gebäude, hat aber seit einigen Jahren in Karl Ludwig Schröder einen äußerst tätigen, künstlerisch sehr begabten und modern denkenden Leiter bekommen, dem es in der Tat gelungen ist, aus der verstaubten Stadttheatertradition einen Theaterbetrieb von unbedingt achtbarer künstlerischer Höhe zu schaffen.

Hinter mir in der Loge saßen zwei ältere Damen. Eine trug eine Spitzenverzierung auf dem Kopf und ein jettbesetztes Kleid. Man nannte sie Frau Rätin. Die andere hatte einen gehäkelten Wollkragen auf den Schultern liegen; sie wurde schlicht mit Frau Pieper angeredet. Ihr fielen fortgesetzt die Sachen auf den Boden. Das Opernglasfutteral vor allem.

Frau Rat: »Das soll noch ein recht junger Mensch sein, der dieses Stück gemacht hat. Ich habe das im Blättchen gelesen.«

Im Lokalblatt stand ein Feuilleton, in welchem die dichterische Frische und Jugend des Autors gelobt wurde.

Frau Pieper: »Ob der Dichter verheiratet ist? Ich glaube, er ist ein langaufgeschossener junger Mensch mit blonden Locken. Ob er das nicht ist, da unten bei Frau Millenbach?«

Frau Rat lehnte sich vor und streifte das Opernglasfutteral wieder herunter.

Dann saß neben mir ein Leutnant plötzlich verkehrt. Der Platz gehörte einem Sanitätsrat. Der Leutnant hatte Nummer 8. Von da konnte man nur die Proszeniumsloge auf der andern Seite sehen, natürlich auch hören, was auf der Bühne gesprochen wurde. Als er auf 8 saß, fing er an, das Theater und den Direktor und die Schauspieler und den Dichter des Abends zu kritisieren.

Das Theater war ausverkauft. Ein wohlgesittetes, kunsthungeriges, sympathisches Publikum füllte zur Hauptsache das Parkett und die Logen.

Man kennt wohl durch die Berichte der Berliner Kritik (im »Düsseldorfer General-Anzeiger« referierte Rost) den Inhalt dieses neuesten seltsamen Eulenbergs.

Er gibt das tragische Geschick einer Kreatur Gottes (so nennt ihn der Dichter) namens Vincenz, der in der wilden Jagd nach dem Mammon im Irrsinn elend zugrunde geht, gehetzt von einer Schar Gläubiger und verlassen von aller Welt. Niemand glaubt dem Phantasten und Träumer, der fortwährend Länder und alle Schätze Indiens verspricht, nur sein einziger Sohn Titus, ein armer Krüppel, der sich mühselig auf einer Krücke hinschleppt, glaubt fest an den Vater: ». . . Du wirst eine Krone tragen und Fürstinnen und Prinzessinnen zum Handkuß vorlassen!«

Neben Vincenz' tragischem Untergang läuft noch eine packende, psychologisch unendlich feine Tragödie der Tochter Vincenz', Susanne.

Das sind seltsame Menschen. Diese Menschen Eulenbergs. Seltsam ist ihre Sprache und seltsam ihr Tun.

Reife Menschen, hellöhrig mit feinen Nasen werden die Worte und das Leben dieser Menschen abseits vom Wege wohl verstehen und der Wirkung und des starken Eindrucks dieser großen Kunst voll teilhaftig werden.

Eulenberg zeigt uns seine Menschen in bizarren Hohlspiegeln und er läßt des Menschen Sehnsüchte in Märchen und Träumen vergehen.

Das Publikum ging mit Spannung und Interesse mit über all die verschlungenen Wege dieser eigenen Dichtung.

Frau Rat waren die Ereignisse auf die Nerven gegangen. Sie meinte, für sie wäre doch der »Rodelzigeuner« oder »polnische Wirtschaft« angebrachter. Diese Dramen seien so unversöhnlich und der fertiggestellte kalte Aufschnitt schmecke einem nachher nicht zu Hause.

Ich liebe so die Groteske in den Stücken Eulenbergs. Die Szenen der beiden Diener im zweiten Akt in der Flaschenkammer des reichen Mannes Sigismund und die Konkurssitzung im dritten Akt waren von einem köstlichen Humor.

Der Dichter konnte sich am Schluß einige Male vor dem begeisterten Publikum verneigen. Reiche Kranzspenden wurden ihm zuteil.

Es wäre noch auf die mustergültige Aufführung hinzuweisen. Eine stimmungsreiche Inszenierung, vorzügliche schauspielerische Leistungen und ein tadellos abgestimmtes Zusammenspiel brachte eine Vorstellung zustande, wie man sie in einem Provinztheater sonst nicht zu finden gewohnt ist.

Die Regie lag in den bewährten Händen von Karl Ludwig Schröder.

Franz Döring, der Darsteller der Hauptrolle, spielte, dem letzten Empfinden des Dichters nachgehend, mit großem künstlerischem Verständnis.

Gute Leistungen waren u. a. noch die Susanna Annie Ardens, der Cassian von Fritz Odemar, der Dachdecker Modest von Bruno Palitzsch.

Von bekannten Erscheinungen sah ich im Publikum Professor Dr. Litzmann, Bonn, Wilhelm Schäfer, Vallendar, Museumsdirektor Reiche, Barmen.

Bis spät in die Nacht feierte man im Monopolhotel den Dichter.

## *»Katinka die Fliege«*

### HERBERT EULENBERGS NEUER ROMAN

Wir kannten Herbert Eulenberg bisher als Dramatiker von seltener suggestiver Kraft, als feinen Lyriker und geistvollen Essayisten. Nunmehr wendet sich der Dichter an uns in einer künstlerischen Ausdrucksform, die er bisher noch nicht benutzte: Herbert Eulenberg hat einen Roman geschrieben: »Katinka die Fliege«, einen zeitgenössischen Roman, wie er ihn nennt, der in dem tätigen Verlag von Ernst Rowohlt, Leipzig, soeben erschien. Unser feiner Düsseldorfer Künstler F. H. Ehmcke besorgte in einer graziösen Weise die Ausstattung des Buches.

Unbekümmert und fest geht Eulenberg in seinem Schaffen seinen Weg. Für seine Dramen fand er eine neue Sprache und neue Formen. In seinen Schattenbildern, seinen Novellen und seiner Lyrik brachte er eigenartige Offenbarungen, neu und gewaltig. Von der Warte seiner Institution zeigte er uns Aspekte in nie geahnter Schönheit.

Nun schickt er seinen ersten Roman in die Welt, läßt Katinka, seine Fliege, zu den Menschen fliegen, zu seinen Freunden, Verehrern und Verstehern, zu allen Hellhörigen, Suchenden und Hoffenden.

Es war zu erwarten, daß Eulenberg auch in dieser neuen künstlerischen Ausdrucksform seinen eigenen originellen Stil fände und mit Traditionen bräche.

»Katinka die Fliege« ist ein köstliches Buch.

Ein Hohlspiegel unserer Zeit, in dem es von allen Regungen und Bewegungen, die den Tag füllen, von den Menschlein in ihrem Tun und Treiben gar lustig glitzert und lebt.

Ernste Probleme, Naturwissenschaftliches und Philosophisches berührt der Dichter. Nicht mit ernst dozierender Gebärde, im leichten Plauderton gibt er uns seine geistvollen Auslassungen über die tiefsten Dinge, die neuesten Erkenntnisse. Aus dem Lächeln des Dichterphilosophen leuchtet manche kostbare Wahrheit heraus.

Er läßt Wahrheiten mit aristophanischer Grazie auf dem Drahtseil seiner Phantasie tanzen.

Was der ernste, gewissenhafte Literat an diesem neuen, originellen Werk Eulenbergs aussetzen wird, ist die Unmöglichkeit, es zu rubrizieren, ihm einen bestimmten Platz unter den verschiedenen, bestehenden Romanarten anzuweisen.

Wo soll man mit einem solchen *enfant terrible* aller traditionellen literarischen Norm hin?

Gott sei dank, daß es so ist!

Jedes Jahr hat seinen Moderoman, der unter keinem Christbaum fehlen darf. Selten stammt er von einem Dichter. Es scheint fast, als ob die breite Menge keine Lust hätte, dem Dichter, diesem nutzlosen Phantasten, zu folgen in seiner Träume Land, kein Ohr, seinen Klängen zu lauschen, die über allen Wirklichkeiten tönen. Man schätzt die Vulgarität und den Alltag. Man will keine Schwingen.

Der eine liest gern einen Roman, der in vornehmen Kreisen spielt. Der andere findet mehr Geschmack am

Armeleutsroman. Von einem armen Mädchen vom Lande, das in die böse große Stadt verschlagen wird und dort dem Laster in die Hände fällt, läßt er sich gern erzählen. Dann die überaus beliebten Romane, die den Aufgang oder Niedergang einer völlig uninteressanten Familie schildern und die Familie von Generation zu Generation durch immer neue Bände hinschleppen. Enthusiasten gibt es für die bodenständigen Romane mit Erdgeruch und den Menschen mit den schweren nach innen gekehrten Seelen.

Es ist oft wie eine allgemeine Suggestion. Man hetzt sich nach dem jeweiligen Moderoman, der unter keinem Christbaum fehlen darf, wie der Teufel nach der armen Seele.

Der Vater schenkt dem Sohn das Buch. Der Sohn dem Vater. Der Vater der Mutter. Die Mutter dem Vater. Die Tante der Mutter. Die Mutter der Tante. Die Tante dem Vater. Bekannte und Freunde schicken das Buch. Onkel Ignatz aus Kattowitz schickt es dem Vater. Der Pate Jüllemann schenkt es dem Sohn. Die Familie steht bis an den Hals in Büchern.

Dieser Art von Romanen, die er die dummen dicken richtigen Romane nennt, tut Herbert Eulenberg in seiner »Katinka« in herzlicher, treffender Weise Erwähnung und gibt ein Musterkapitel aus einem solchen beliebten Roman, der in einem überaus vornehmen Hause spielt und dem geringen Leser einen Einblick in die Gepflogenheiten und Allüren der feinen Welt gibt.

Katinka flog mir zu an einem Abend, und sie ließ mich nicht aus. Ich fiel in den Bann dieses seltsamen Insekts und lauschte wohl die ganze Nacht den Worten, den

Offenbarungen Katinkas der Fliege. Noch immer umsummen mich ihre feinen Philosopheme, ihre kleinen und großen Wahrheiten.

Das ist ein Buch, das den Menschen etwas zu sagen hat, ein Buch, das aufwühlt und unruhig macht und immer und stets trotz schwerer Probleme in liebenswürdigem, graziösem Plauderton bleibt.

Das ist ein Buch, das mit hellen Sinnen gelesen werden muß. Über das richtige Lesen von Büchern sagt fein der Dichter in »Katinka«: So geschieht es, daß manch einer ein Buch gelesen und doch nicht gelesen hat, und es kennt wie einer ein Land kennt, durch das er bei Nacht gefahren ist. Ein gelesenes Buch ist wie ein Traum, dessen man sich beim Erwachen nach der letzten Seite noch lange erinnert, ja, den man nie wieder ganz vergißt.

Diesen starken Eindruck hat der neue Roman Eulenbergs auf mich gemacht. Man kann ihn immer wieder lesen und wird mit jedem Mal neue Feinheiten und verborgene Weisheiten und Prophetisches entdecken.

Das ist ein Buch von Bestand, das uns immer frisch und neu in seinen Banden halten wird.

Das ist der Lebenslauf dieser philosophischen Fliege:

Katinka wurde in einem Metzgerladen in einem alten Stück Fleisch, das unter dem Eisschrank lag, geboren. Vater und Mutter kannte sie nicht. Sie lag als Ei mit 119 Geschwistern zusammen, die ebensowenig wie sie über ihre Familienverhältnisse im klaren waren. Katinka wurde dann, wie sich das gehört, eine Made, ein »Baby« nennt sie der Dichter klangvoller. Sie entwickelte sich zur Puppe, und eines Tages brach sie die Hülle starren Fatalismus und flog in die Welt.

Die arme Fliege litt an dem Woher und Warum ihres Daseins. »Es ist doch gräßlich!« keuchte sie: »Da läßt uns irgendwer oder irgendwas in der Welt herumschweben, ohne uns die geringste Aufklärung zu geben. Vielleicht sind alle Dinge ganz anders, wie wir sie sehen, als ein buntes Netz mit kleinen sechseckigen Maschen? Es ist zum Verzweifeln, daß wir uns von allem immer nur eine Fliegenvorstellung machen können ... «

Für Katinka war alles seltsam und neu.

Sie machte die Bekanntschaft der zarten Fliege Zanzara, einer kleinen Philosophin, die an ihrer Unwissenheit litt und ihr klagte, daß es so schade sei, daß die Fliegen so wenig wissen.

Sie erzählte Katinka: »Ich habe mich gern auf den Schädeln der Menschen aufgehalten, so gut dies bei solchen nervösen Bestien gehen mag. Aber auf diesen Universitäten lernt man nicht viel. Selbstdenken macht klug. Hi, hi, hi, hi!«

Die kleine Zanzara begann dann, trunken vom Licht, einen tollen Tanz in den Lüften, der Sonne entgegen. Das war ihr Tod. Eine Schwalbe schnappte sie auf.

Das war das erste Drama für Katinka und gab ihr Gelegenheit, über Leben und Tod nachzudenken.

Sie geriet mit einer Kirschentüte auf eine seltsame Weise in ein Eisenbahnabteil und machte dort die Bekanntschaft der Fliege Brumm, eines dicken Rentners mit einem Bandwurm und einem Fant.

Ein feiner Humor, eine entzückende Satire liegt über der Schilderung der Geschehnisse in dem Eisenbahnabteil.

Eulenberg gibt uns in der Unterhaltung zwischen Katinka und der Fliege Brumm das Kabinettstück eines tiefsinnigen Gesprächs über die Frauenfrage und die Ehe. Brumm, die Fliege mit dem verwitterten Komödiantengesicht, war ein Feind der Ehe. Er ließ sich u. a. brummend aus: ». . . und wer in eine richtige Ehe hineingerät, der sitzt drinnen, wie unsereins in dieser entsetzlichen Fliegenglasglocke, in die Sie niemals hineinkriechen möchten, mein Kind!«

Ein schwerer Schlag für Katinka war es, als unvorhergesehen ihr neuer Freund von einem jähen Tod hingerafft wurde.

Der dicke Rentner ließ plötzlich das Fenster niederfallen. Brumm fand keine Zeit zur Rettung und wurde getötet. Das schmerzte Katinka unsäglich.

Der Dichter schildert ihren Schmerz: »Der Schmerz, den Katinka bei seinem jähen Absturz von dem hohen Grad seines Geistes empfand, war wie das Leid der verlassenen Dido, namenlos. Ich wähle dieses nichtssagende beliebte Beiwort, weil kein anderes den vielfachen Gram, der ihre winzige Brust durchzog, wiedergeben, nein, nur andeuten könnte. Sie fühlte sich fliegenmutterallein in der Welt.«
Es war zu plötzlich gekommen.

»Ist dieses möglich? Zittert nicht das All?
Braust nicht das Meer in seinen Tiefen auf
und kehrt sein Unterstes vor Galle um,
Gleich einem, den der große Ekel packt,
Speit Fische, Wale, Muscheln wirr ans Land?
Erbeben nicht die Berge, brennt ihr Haupt
Vor Scham nicht wie des Ätna Scheitel ab,
Der wie ein trunkener Greis weiß glüht und rot?
Vertrocknen nicht die Flüsse, fallen nicht
Vor Schmerz die Bäume blitzgetroffen um,

Weil Brumm gestorben ist und die Welt noch lebt?
So tötet mich auch, Götter!« –

So monologisierte es in Katinka. Und sie beschloß, da kein Donner noch ein Strahl des Himmels, noch eine ungewaschene Menschenhand sie treffen und ihren Überdruß am Leben mit eins vernichten wollte, ihrem großen verstorbenen Freund eine Leichenfeier abzuhalten, dergleichen die phantasieschwache Menschheit noch nie gesehen hatte.

Und sie sang ihr Rachelied und tanzte ihren Rachetanz, worüber wir in einem plötzlichen zweiundzwanzigsten Kapitel lesen können.

Man weiß im allgemeinen recht wenig über Spinnen. Eulenberg plaudert von diesen gefürchteten Feinden seiner Fliege und läßt uns in seiner launigen fesselnden Weise, streng auf den neuesten naturwissenschaftlichen Erkenntnissen basierend, in das Tun und Treiben dieser Tiere hineinschauen.

Er beleuchtet weiter die Frage des Berufs und singt ein fröhlich Loblied auf den Instinkt.

Katinka war durch einen Zufall aus der Klausur des Coupés wieder in die freie Luft geraten.

Nach allerlei Anfechtungen auf ihre Tugend landete unsere Fliege endlich in der Küche eines Vorstadthauses, in dem ein altes Ehepaar vegetierte, die bescheiden dahinlebten, nur die Verschwendung trieben, zwanzig Zeitungen zu halten.

Hier fing Katinka an, ihre Aphorismen für die Nachwelt festzulegen.

Da sie keinen Bleistift oder Füllfederhalter hatte, tat sie das in einer eigenen zierlichen Perlschrift, die bald der japanischen, halb der liliputanischen gleicht, immer auf weißen Wänden, Porzellan und an der Decke.

Von einer starken Wirkung ist die Schilderung der nächtlichen Zusammenkunft des unheimlichen Ungeziefers, das Küche und Keller heimlich bewohnt.

Im Mondschein zogen sie herbei aus allen feuchten Ritzen und versteckten Fugen, die Kakerlaken, die Küchenschaben, blutgierige platte Wanzen, schwarze entsetzliche Asseln, Weberknechte und mancherlei anderes, widerliches Getier.

Ein grotesker Mitternachtsspuk, der einem gruseln macht.

Prächtig ist die Schilderung einer Sommernacht, wo Sternschnuppen fliegen und »alle diese erhabenen und merkwürdigen Ereignisse am Himmel und auf Erden, die sich im dunkeln zutrugen und sich in Katinkas kleinem Köpfchen zu wilden Bildern verschlungen haben, zogen tiefe Runen in ihr winziges Fliegengemüt«.

Im zweiten Teil des Buches lesen wir, wie das größte Erlebnis an Katinka herantritt. Katinkas Liebesleben. Die Fliege Balthasar wird der Auserwählte.

In diese Erzählung geriet beim Druck des Buches durch ein Versehen eine Seite aus dem heurigen Kitschroman, der unter keinem Weihnachtsbaum fehlen darf, der Sorte, wie am Anfang dieser Zeilen ausgeführt.

O über den Buchbinder, o über den Buchbinder!

Herbert Eulenberg bedauert dieses gräßliche Versehen unendlich.

Es wird uns noch das Idyll der alten Eheleute, bei denen Katinka wohnte, gegeben, von Philemon und Baucis und dem Hunde Jaromir erzählt.

Einhundertzwanzig Eier legte Katinka gewissenhaft

in der bleichen Vorderpfote des toten Pudels Jaromir ab. Sie starb bald darauf in lauer Nacht auf einem Lindenbaum.

Der Wind sprach ihre Leichenrede.

Und so sprach und lallte denn der Wind, halb schlafend, halb träumend, diese Worte in freien rhythmischen Sätzen, weil er als Naturgewalt nichts von Reimen hielt, über Katinkas namenloser Gruft in der unendlichen Natur, wobei er zuweilen ein paar sprunghafte Töne, wie ein alter Barde träumerisch als Begleitung auf einer Fiedel strich:

Von Uranfang her
Entbiet' ich dir Gruß,
Entronnene Seele.
Dein ernst verlebtes Wesen
Häng es zu andern Larven auf,
Und such dir ein neues Kleid,
Das dir wohlgefällt
Unter vielen Formen!
Denn nichts ist zweimal auf der Welt.
Vollendet hast du die drei
Die heiligen Kreise
Zwischen Geburt und Tod
Und ganz umflogen dein Ich,
Das nun verlorene.
Greif dir ein andres Los!
Unschön ist keines,
Und das niedrigste Tier
Bezeugt das höchste,
In *ein* Dasein mit ihm verschlungen.
Schöpf jungen Atem
Zu neuem Leben
Und trinke den Wind,

Der wieder dich treibt,
Die Zeit zu durchsegeln.
Lobpreise den Tod,
Er brachte zur Quelle
Dich, matte, zurück.
Er löst dir die alte
Vertragene Tracht,
Und schenkt dir nie rastend
Ein ewiger Frühling
Von frischem zu wirken.
Denn keiner kann sterben,
Und alles ist immer.

## *Renaissance*

*(Zu Graf Gobineau)*

Der Insel-Verlag in Leipzig, dem wir so manches köstliche Buch verdanken, kommt jetzt mit dem bekannten Werk des Grafen Gobineau »Die Renaissance«, vollendet übersetzt von Bernhard Jolles, in einer stilgerechten künstlerisch vornehmen Ausstattung heraus.

Ich kannte »Die Renaissance« bisher nur aus der Reclamausgabe in der ebenfalls einwandfreien mustergültigen Übersetzung von Ludwig Schemann, der im übrigen bei Karl J. Trübner, Straßburg, auch eine größere und stattlichere Ausgabe des Renaissancewerkes vor einiger Zeit erscheinen ließ.

Die schmucklose Ausgabe der verdienstvollen, wohlfeilen Reklamschen Universalbibliothek erschloß mir die Schönheiten und Wunder des Gobineauschen Meisterwerkes. Mochte auch die indifferente, schlichte Gewandung den kostbaren Bildern und Szenen nicht Genüge tun, so war die Wirkung des Dichterwortes so stark und hinreißend, daß man diesen Mangel kaum empfand.

Die neue Ausgabe des Insel-Verlags nun, bei welcher die Ausstattung in künstlerischer Harmonie mit der Dichtung zusammenklingt, gibt uns einen vollkommenen Genuß und eine restlose Suggestion der letzten Feinheiten und Schönheiten der Gobineauschen Kunst.

Der bekannte Künstler E. R. Weiß entwarf den Einband.

Gobineaus »Renaissance« ist ohne Zweifel das verdienstvollste, auf künstlerischer Basis stehende Werk über jene große Kulturepoche.

Er läßt aus Menschenschicksalen die Historie aufsteigen, doziert nicht vom Katheder mit Zahlen und Daten. Darin liegt der große Reiz und Erfolg seiner »historischen« Szenen. Er stellt uns unter die Menschen jener Zeit, zeigt sie uns von dem Höchsten ab zum Niedrigsten, vom König bis zum Henker und schmachvollsten Bravo mit der hinreißenden Kraft eines, der die Menschen versteht und in ihren Seelen ihre verstecktesten Regungen erfaßt.

Er gibt uns ein ungeschminktes Bild jener Zeit mit ihren Lastern und ihrem moralischen Verfall, schildert uns die Menschen, denen Lüge, Treubruch und Meuchelmord die Norm waren, wie alles edle und schöne Menschtum verkam und in den Dreck getreten wurde im wilden Kampf um Herrschaft und Gold, wo eines Menschen Leben nicht mehr galt als das einer Fliege.

Die Renaissance ist das hohe Lied des Egoismus!

Und aus dieser Zeit sollten herrliche Kunstwerke hervorgehen, wie die Welt sie nie gesehen, eine neue Ära höchster Kunst ihren Anfang nehmen.

Es ist in der Tat wie eine Farce des Schicksals, daß aus diesem Rausch aller Hexensabbate, allen Blutes und aller Grausamkeiten, in dem krassesten fürchterlichsten Materialismus, derartige höchste Offenbarungen der Kunst erwuchsen.

Den Besitzenden und Herrschenden, die auf blut- und verratgetränktem Boden ihre Paläste bauten, war die Beschäftigung mit der Kunst nur eine Mode, eine gleißende Dekoration für ihre Person, ein Anstrich ihres Piedestals. Die Kunst war ihnen eine Pose. Wie heute jeder Parvenu glaubt, seinen französischen Koch haben zu müssen, so hielten sie sich ihre Künstler.

L. Schemann, der feine Versteher und Kenner Gobineaus, beleuchtet in einem Essay über »Die Renaissance« in geistvoller Weise die aus dieser utilitaristischen, Seelen und feines Empfinden zermalmenden Epoche hervorgegangenen künstlerischen Manifestationen:

»Seelenlos durch und durch ist die Renaissancezeit mit all ihrem glorreichen Schimmer gewesen; und sie, die Gottestochter Kunst, die Körper gewordene Seele, was war *sie* dieser Zeit, da sie ihr denn nicht Seele war?

Die Kunst war damals ein *Kostüm;* und damit ist alles gesagt.

Wohnungen, Straßen und Plätze; öffentliches und Familienleben; Leiber und Geister, Hoch und Niedrig – alles kleidet sich in dieses eine, in unzähligen Abstufungen immer wiederkehrende, höfisch feine, kunstreiche Renaissancekostüm. Die geriebene Diplomatenmoral eines Ludovico Moro von Mailand und das brutale Kriegertreiben der Condottieri, die entsetzliche Verbrecherweisheit der Borgias, des Caesare Bubenstück wider seine Heerführer und wiederum der sühnende Verrat Gonsalvos de Cordova an ihm selber – alles, alles atmet den gleichen Geist, ja es ist gewissermaßen eine Ehrensache für diese ganze Menschheit, ihr Treiben, wenn denn einmal die *Moral* auch in ihren leisesten Ansätzen nur brüchig, faul, edel verstümmelt, nur immer aus dem utilitaristischen Gesichtspunkte motiviert, dabei sich ans Tageslicht zu ringen vermag, wenigstens um so stattlicher *ästhetisch* auszudrapieren.« –

Ohne Schminke zeigt uns Gobineau jene Zeit. Er scheut sich nicht vor der letzten Realistik, gibt uns dann aber auch wieder Szenen von köstlicher Poesie, von feinem seelischen Empfinden mit lyrischem Klang.

Ludwig Schemann nennt die Gobineausche »Renaissance« die Kampfestat eines *Künstlers*.

»Hiermit sei zweierlei gegeben: erstens, daß er die erbarmungslose Wahrhaftigkeit, die wir als sein eigenstes Eigen aus anderen Werken kennen, auch hier habe walten lassen, um jene schönheitslüsterne und blutdürstige, geisttrunkene und gottvergessene Welt der Renaissance zu brandmarken, und zweitens, daß dennoch das so entstandene Bild kein abstoßendes, daß es ein echtes Kunstwerk geworden sei mit all den Vorzügen, all den Wirkungen, all den Reizen, die ein solches nach den ewigen innewohnenden Gesetzen ausströmen soll.« –

Gobineau versteht es meisterhaft, die dramatische Spannung in seinem Werke durchzuführen und das Interesse des Lesers vollkommen zu fesseln. Kurz und prägnant gibt er uns seine Gespräche. Seine erläuternden Angaben zwischen dem Text lassen uns die Bilder plastisch vor Augen treten.

Aus Menschenschicksal ist seine »Renaissance« geboren. Auf fünf Namen baut er sein Werk auf: Savonarola, Cesare Borgia, Julius II., Leo X. und Michelangelo. Ein jeder dieser Namen birgt eine Tragödie.

Köstliches, Neues und tiefe Geständnisse hören wir u. a. von Michelangelo, Raffael, Bramante und Machiavelli, den Sonnen jener Zeit. Ich erwähne das Gespräch Raffaels mit einer Dame in »Julius II.«, die Unterhaltung Michelangelos mit Granacci in der Sixtinischen

Kapelle in »Leo X.« und das resignierende Bekenntnis Michelangelos am Ende des nach ihm benannten Abschnittes in dem Gespräch mit der Marchesa Vittoria Colonna.

In diesen Gesprächen über Kunst und Leben, die zahlreich in den Gang der Ereignisse eingestreut sind, dokumentiert sich die große geistige Kultur des Grafen Gobineau.

In impressionistischer, hinreißender Art schildert er mit höchster Meisterschaft eine Schlacht oder erregte Volksmassen, Aufstand, das Leben im Lager.

Die Hinrichtung Savonarolas, die heimtückische Ermordung der Condottieri in Sinigaglia durch Cesare Borgia, der Sturm auf Rom der Truppen Karls V. unter dem Connétable von Bourbon und derartige hochdramatischen Momente weiß Gobineau in ihrer letzten Wirkung völlig zu erschöpfen. –

Dreiundzwanzig prächtige Reproduktionen von Originalporträts der Hauptpersonen der Dichtung sind dem Werke als kostbarer Schmuck und Ergänzung eingefügt. Emil Schaeffer gibt beachtenswerte Worte zu den Bildern.

## *Ein telepathisches Phänomen*

Neuen Problemen auf mentalem Gebiet, Manifestationen unbekannter seelischer Kräfte, die die exakte Wissenschaft bisher noch nicht im Laboratorium oder auf dem Seziertisch der Logik in bestimmten Formeln festgelegt und bewiesen hat, pflegt unsere Zeit der Skepsis mit Mißtrauen zu begegnen.

So war man lange Jahre geneigt, die Fähigkeit eines Menschen, die Gedanken eines anderen Menschen zu erraten, für einen einstudierten Trick zu halten. Es mögen wohl auch Scharlatane so gehandelt haben.

Heute ist es erwiesen, daß eine mentale, unbekannte Kraft diese Gedanken-Übertragung möglich macht.

Auf den Erkenntnissen der Geheimlehre der Inder, die seit uralter Zeit nach den letzten Geheimnissen des Seelenlebens des Menschen geforscht und nie geahnte Offenbarungen und Möglichkeiten im Übersinnlichen gefunden haben, gründet sich wohl in der Hauptsache unser Wissen über die seltsame Erscheinung.

Yoga, die indische Geheimlehre, sagt: Die Seele kann bei vertieftem, abgezogenen Denken und Wollen eine andere Seele durch mittönende Schwingungen in gleiche Vibrationen versetzen. Die miteinander im Rapport stehenden Seelen verhalten sich wie zwei Instrumente, und so kommt es denn, daß das von einem Menschen projektierte Gedanken- oder Gesichtsbild dem anderen sichtbar oder fühlbar wird. (Aus »Yoga, die Geheimwissenschaften Indiens« von Bapt. Wiedemann.)

Es müssen besondere Vorbedingungen bei einem Menschen vorhanden sein, um diese geheimnisvolle Kraft zu entwickeln. Der indische Yogi, der sein ganzes Leben lang nach überlieferten bewährten Gesetzen wissender Weisen seine Seele täglich, stündlich bereitet durch eine fördernde Hygiene, ein fortwährendes Training ausübt, zur höchsten Läuterung und feinstem Empfinden gelangt, schafft sich die unbedingte Prädisposition zur Gabe des Gedankenlesens. Je weniger sich der Mensch mit materiellen Dingen beschäftigt, unreine Wünsche, schlechte Gedanken und Neigungen von sich fernhält, um so mehr stärkt er seine seelische Kraft zu nie geahnten Manifestationen. Aber die wilde Hatz unserer Zeit, der Tanz um allen Materialismus und um nichtige Dinge läßt bei den wenigsten Menschen eine jene läuternde Erhebung der Seele aufkommen. Von den vereinzelten telepathisch Veranlagten europäischer Herkunft, die an die Öffentlichkeit traten, sah ich den Italiener Bellini und den Spanier José Labéro.

Bellini soll seine telepathische Begabung während einer längeren Krankheit, wo seine Mutter der einzige Mensch war, mit dem er in Berührung kam, empfunden haben. War die Mutter nicht im Zimmer, so verfolgten sie seine Gedanken, und er wußte genau, wo sie war und was sie tat. Er wußte, bevor sie eintrat, wie sie gekleidet war. Nach seiner Genesung ließ er sich von einer Autorität untersuchen, die seine telepathische Eigenschaft erkannte.

Der Spanier José de Labéro erscheint mir unbedingt ein außergewöhnlich hochentwickeltes, telepathisches Phänomen zu sein. Ich habe Herrn de Labéro kennengelernt, und er hat mir vieles aus seinem Leben erzählt.

Er stammt aus einem alten spanischen Geschlecht, vom Vater her, und es läßt sich ein gewisser Atavismus für die Veranlagung Josés vom Großvater her ableiten, der lange in Indien lebte und sich eingehend auf allen Gebieten indischer Mystik, Astrallehren und Seelenkunde betätigte. José de Labéro ist am 28. August 1885 zu Madrid geboren. Seine Erziehung war sehr streng und vielseitig. Es fiel ihm leicht, die vielerlei Kenntnisse aufzunehmen.

Seine telepathische Begabung zeigte sich bereits in seinem fünften Lebensjahre auf folgene Art und Weise: Josés größtes Vergnügen war es, mit seinen Spielkameraden versteckte Gegenstände zu suchen, ein Spiel, wie es noch allerorts heute von Kindern ausgeübt wird. Ohne den Platz des jeweilig versteckten Gegenstandes zu wissen, auch ohne daß seine Spielkameraden mit Zurufen: warm, heiß, kalt, den Weg wiesen, fand er das Versteck mit spielender Leichtigkeit. Seinen Vater, der zufällig einem dieser unbewußt ausgeführten Experimente beiwohnte, erfaßte ein grenzenloses Erstaunen über diese unerklärliche Fähigkeit seines Sohnes. Diese Begabung des Kindes erregte allgemeines Interesse, als es gelegentlich einer festlichen Veranstaltung im Hause seiner Eltern Gedankengänge der schwersten Art mit einer unbegreiflichen Sicherheit löste. Die zahlreich erschienenen Gäste gerieten in helle Verwunderung über die dem Kinde innewohnenden Kräfte. Im achten Jahr erregte er auf einem medizinischen Kongreß in Madrid berechtigtes Aufsehen. In allen medizinischen Zeitschriften und Zeitungen im In- und Auslande fand man spaltenlange Artikel über den Knaben Labéro.

Ein nach Kalkutta abkommandierter Offizier, ein

Freund des Hauses Labéro, nahm ihn, als er sechzehn Jahre war, auf sein inständiges, fortgesetztes Bitten mit nach Indien. Das sollte die große Offenbarung und das größte Erlebnis für Labéro werden! Immer, von jeher trug er die heiße Sehnsucht nach jenem Wunderlande der Erkenntnis uralter Weisheit in seinem Herzen. Wie durch einen Märchentraum, so wanderte er durch das Land alles Geheimnisvollen. Sein Interesse an den unbegreiflichen Künsten der Fakire und seltsamen Äußerungen heimlicher Kräfte wuchs täglich. Großes Erstaunen war bei den Fakiren über seine telepathische Begabung. Es gelang ihm bald, die Gunst des berühmten Fakirs Abbe Faria in Kalkutta zu gewinnen, der sich entgegen der sonstigen Gepflogenheit dieser Priester aller Mystik herbeiließ, ihn in die Kräfte der Suggestion, des Hypnotismus und anderer heimlicher Wissenschaften einzuweihen.

Labéro beschäftigte sich mit allem, was der Entwicklung seiner Seelenkräfte Nutzen und Förderung brachte. Er machte die Atemübungen, wie sie der Yoga vorschreibt. Er lebte genau bis ins kleinste nach ihren Weisungen. Zwei Jahre verweilte er in Indien. Dann trat er seinen Siegeszug an, der ihn durch alle Weltteile führte. Überall erregte sein Auftreten und seine geheimnisvolle Begabung das größte Aufsehen.

Von bedeutenden ärztlichen Kapazitäten und Wissenschaftlern liegen eingehende Referate über José de Labéro vor, die ihn allgemein als ein außergewöhnliches telepathisches seltenes Phänomen erklären.

Ein verblüffendes Experiment, bei welchem es sich um eine Wette von 10 000 Mark handelte, machte Labéro vor einiger Zeit in Berlin. Er fand prompt einen

Ring, der in einem Kaffeehause in einem Buffet versteckt war. Das Kaffeehaus war etwa eine halbe Stunde von dem Ausgangspunkt Labéros entfernt. Die Berliner Blätter brachten spaltenlange Artikel über diese Wette.

Eine andere schwierige Aufgabe mit vielen Kombinationen, die Labéro glänzend löste, war, einen vergrabenen Becher zu finden. Die Fundstelle lag an der Spree, und es war eine Dampferfahrt nötig.

In Konkurrenz mit einem Polizeihund fand Labéro früher als der Hund den versteckten Gegenstand.

Man könnte noch eine unendliche Liste der seltsamsten Experimente Labéros aufführen, die alle durch einwandfreie Zeugnisse bestätigt sind.

Ich war Zeuge von folgenden Experimenten: Labéro zeichnete einen Elefanten, den sich der führende Agent (Medium) dachte. – Aus einem Kartenspiel suchte er vier von den Agenten gedachte Karten aus. – Er mußte aus einem Nebenzimmer ein Buch holen, aufschlagen und eine vom Agenten gedachte Seite und einen Vers suchen. Der Kontakt mit dem Agenten erfolgte durch Umklammern der Hände oder durch Legen der Hände auf die Schulter Labéros. Auch eine dünne Goldkette genügte, um die Verbindung herzustellen.

Für mich waren nun eigentlich einige Experimente, die weniger gut oder unter großer Mühe gelangen, noch interessanter als die glatt gelingenden. Boten sie doch gleichsam einen Einblick in die Struktur des telepathischen Gedankenlesers. Es lagen bei einem Experiment z. B. auf einem großen Schreibtisch in der Mitte eine Anzahl Federhalter, Bleistifte, Brieföffner, und an der rechten Seite am Rande der Tischplatte stand ein runder Behälter, in dem sich ebenfalls einige Federhalter und ein roter Patentstift befanden. Die Aufgabe für Labéro war, den roten Stift zu finden und an einer vorher bereits gefundenen Zeitung den Jahrgang zu unterstreichen.

Da das führende Medium scheinbar nun lediglich immer nur »roter Bleistift« dachte und nicht in seinem Denken die entsprechende Richtung nach rechts, wo der Rotstift war, angab, so war es Labéro im höchsten Grade erschwert, den Rotstift zu finden. Nach langem quälenden Umhertasten stieß er endlich auf den Rotstift. Bei diesen Experimenten ist es von außerordentlicher Wichtigkeit, daß das Medium die richtige Gedankenkette ganz durchdenkt und nicht nur an das Schlußziel, was in vorliegendem Falle der rote Stift war. Die Gedankenkette wäre etwa gewesen: Schreibtisch – rechts – Behälter – Rotstift; ganz dem Weg entsprechend, den Labéro zu nehmen hatte. Labéro klagte mir, daß er so selten Menschen fände, die klar und verständlich denken.

Für die absolute ehrliche Reaktion auf die telepathische Übertragung spricht die Tatsache, daß Labéro bei der Einschiebung einer Fehlerquelle in die projektierte Aufgabe sofort stutzig wird. Labéro ist, während er seine telepathische Kraft entwickelt, in einem gewissen Trancezustand, in dem er nicht sieht, nur fühlt, und zwar mit einer ganz außergewöhnlichen Sensibilität.

Labéro hat die Absicht, so es seine Engagements gestatten, wieder einige Zeit nach Indien zu gehen, um sich zu läutern und seine Seele zu heben und zu reinigen von allem Unruhigen und Schwächenden, wie es dieses Leben von Stadt zu Stadt, von Land zu Land mit sich bringt.

# GEDICHTE

## ANEMONEN

Ein Strauß von Anemonen stand auf meinem Tisch.
Mit bunten Farben, fast zu laut,
sangen die Boten neuen Lebens
ihr jubelnd Lied vom Frühling,
von blauen Himmeln und von Sonnensiegen –
Das war der Morgen.

Der Mittag kam.
Und stürmischer und gellend wie Fanfarenklänge
umtost der Anemonen jauchzend Lied
von neuem Glück, von ewigen Seligkeiten
meine Seele.
Ich griff berauscht nach diesem Glück,
Das Glück – das größte Glück!
Und meine Seele sank ins Wunderbare.

Und als der Abend kam, da schrie es plötzlich auf,
Mit jähem Mißton brach der stolze Siegessang,
als schauerlich von unsichtbarer Hand berührt
Die Blüten starben und die bunten Blätter
wie tote Schmetterlinge niedersanken. –
Ein gräßliches Erwachen.
Vor öden Wüsten, schwarzen Einsamkeiten
stand die Seele.

Ein Strauß von Anemonen stand auf meinem Tisch.

## FRÜHLING

Über Hecken schaun bunte Sträuße
Apfelblüten, Schneeball und Syringen.
Blonde Mädels bummeln singend durch den Frühling.
Mit dem Goldstaub eines frühen Schmetterlings
spielt die Sonne.
Lerchen steigen jubelnd in den Äther. –
In die Einsamkeit der Höhen flüchte ich
vor diesem lauten Feiern.
Unter mir im Glanz der Sonne
weitet sich das buntgeschmückte Land.
Doch bis zum höchsten Gipfel dringt ein Klingen,
leises Flüstern.
Immer stärker wird das Raunen
und zum Jauchzen wächst der Ruf
Frühling, Frühling! –
Kehre traurig diesem Feste Pans den Rücken
und verkrieche mich im Dunkel schwarzer Tannen.

## DIE ANGST

Es krallt sich um die Sonne eine Hand.
Ein lauer Wind jagt dürre Blätter raschelnd auf.
Ein toter Vogel stürzt aus Wolkenhöh
zerschmettert an die Erde.
In dumpfer Hütte Mensch an Mensch gedrängt,
voll Grauen starrend in den schwefelgelben Tag.
Die Tür fliegt auf, von unsichtbarer Hand berührt.
Der Hund kriecht winselnd in die Ecke.
Und langsamer wird jetzt der Wanduhr Ticken,
noch einmal tick und tack –
dann steht die Uhr. –
Ein grelles Lachen in den Lüften!
Es horchen starr die Menschen in die Leere.

# ANHANG

# *Anmerkungen*

ABKÜRZUNGEN
(E) – Erstdruck
(D) – Erste Buchfassung

## FRÜHE PROSA

DER FREMDE
(E) – Düsseldorfer General-Anzeiger vom 28.6., 5.7. und 12.7.1908.
(D) – Unter dem Titel: »Die Flucht ins Nichts. Eine Geschichte über zwei Erdteile« in: Professor Mauzfies und andere Tragödien, München 1941, S. 145–180. (In der Buchausgabe von Victor M. Mai stark bearbeitet.)
[9] *Gasthaus »Mohren« in Mittelzell auf der Insel Reichenau* – im Baedeker »Süddeutschland« 1926, S. 115 noch verzeichnet.
[13] *Ziborien* – von Säulen getragener Überbau eines Altars oder Grabmals.
[26] *Girandolen* – mehrarmige Leuchter aus Silber oder Bronze.
[30] *Cesare Borgia* – (1475–1507), Sohn von Papst Alexander VI., italienischer Renaissancefürst; diente Machiavelli als Vorbild für seinen »Principe«.

CIRCULUS VITIOSUS
(D) – Professor Mauzfies und andere Tragödien, München 1941, S. 129–144.
[34] *Reefkoke* – (rheinische Mundart) Reibekuchen.
[34] *Kapoloïh Sentama Verdrûch tès Rôg Elsche* – Verdrüschtes Röggelsche (rheinische Mundart) vertrocknetes Roggenbrötchen.
[35] *Haês Dêmgè Sinne!* – Haes dem gesinn! – (rheinische Mundart) Hast du den gesehen!
[40] *Thomas Alva Edison* – (1847–1931), amerikanischer Erfinder des Telefons, des Phonographen, der Glühbirne und des Kinematographen.
[43] *Apollo-Theater* – großes Düsseldorfer Varieté. Gegründet 1899, wurde später als Kino genutzt.
[43] *Ba Sélémanes' dol Achsdéd échka putt* – Baselemanes, do lachs de dech kaputt (rheinische Mundart) Faselhans, da lachst du dich kaputt.
[43] *Radié-schèn* – (rheinische Mundart) Radieschen.
[47] *Lapislazuli-Knöpfchen* – Lapislazuli – blauer Schmuckstein.

DER AESTHET

EINE IMMERHIN RECHT MERKWÜRDIGE GESCHICHTE

(E) – Düsseldorfer Nachrichten (in acht Teilen) vom 6.2. bis 13.2.1921.

(D) – Unter dem Titel: »Professor Mauzfies. Eine sozusagen ästhetische Angelegenheit« In: Professor Mauzfies und andere Tragödien, München 1941, S. 9–57.

Die Entstehung der Groteske, von Viktor M. Mai aus dem Nachlaß veröffentlicht, läßt sich auf 1907/1908 datieren. Am Ende des Textes heißt es: *Und es sind seitdem doch schon gut zehn Jahre verstrichen.* Hermann Harry Schmitz bereiste von Mitte November 1897 bis Mai 1898 Frankreich und kurierte auf Korsica sein Lungenleiden. 1908 oder 1909 trug er diese Geschichte zum ersten Mal im Kreise der »Laetitia« vor (vgl. Düsseldorfer Nachrichten vom 6.2.1921), ein Jahr später im »Rosenkränzchen« (vgl. Richard Klapheck: Das Rosenkränzchen. Erinnerungen an eine Bürger- und Künstler-Weinschänke am Stiftsplatz zu Düsseldorf, in: Düsseldorfer Heimatblätter, Jg. 8 (1939), Heft 8, S. 176).

[48] *Cook* – ältestes Reisebüro, das von Thomas Cook (1808–1892) um die Mitte des 19. Jahrhunderts in England als erstes Unternehmen dieser Art gegründet wurde. Cook pflegte vor allem die »Reisen um die Erde«.

[49] *Mauzfies* – vermutlich Anspielung auf Joseph-Arthur Comte de Gobineau (1816–1882), französischer Schriftsteller, der aufgrund seiner Rassetheorie bei den Nationalsozialisten hoch angesehen war.

[49] *dithyrambisch* – (griechische Hymnenform) begeistert.

[50] *Heliothropenöl* – Sonnenöl.

[50] *Benvenuto Cellini* – (1500–1571), italienischer Goldschmied und Bildhauer, Meister des Manierismus. Cellinis Autobiographie wurde von Goethe übersetzt.

[51] *Un drôle de type* – (französisch) ein komischer Kerl.

[52] *Jägerhemd* – Eine nach dem Zoologen Gustav Jäger (1832–1914) benannte, aus Schafwolle hergestellte »Normalkleidung« (Normalhemd, -hose, -rock usw.), die für das körperliche Wohlbefinden besonders geeignet sein sollte. Jäger-Wäsche steht im Zusammenhang mit der Reformbewegung gegen Ende des 19. Jahrhunderts.

[53] *Ohligs* – heute Stadtteil von Solingen.

[53] *Hilden* – Stadt bei Düsseldorf.

[57] *Botticelli* – Sandro Botticelli, eigentlich Alessandro di Mariano Filipepi (1445–1510), italienischer Maler.

[57] *Einjähriges* – Obersekundareife, berechtigte seit 1871 in Deutschland zu einem auf 12 Monate verkürzten Wehrdienst als Reserveoffiziersanwärter unter der Bedingung, daß für Unterbringung, Bekleidung und Ausrüstung selbst aufgekommen wurde.

[58] *Lena Griffi* – eigentlich Cornelia Griffo, die in den dreißiger und

vierziger Jahren des 16. Jahrhunderts zu den weltberühmten Kurtisanen Venedigs gehörte. (Vgl. Iwan Bloch: Die Prostitution, Berlin 1925, Band 2, S. 150 f.).

[58] *Tränen von Göttern geweint, / Wurden Venedigs Kristall.* – Verse aus einem Sonett von Dante Gabriel Rossetti (1828–1882).

[60] *Corotscher Morgen* – Camille Corot (1796–1875), französischer Maler.

[60] *Turner* – William Turner (1775–1851), englischer Maler.

[61] *omnia mea mecum porto* – (lateinisch) Alles trage ich bei mir.

[61] *Insel der Vendetta* – vendetta (italienisch) Blutrache.

[64] *Bersaglieri* – (italienisch) Scharfschütze.

[65] *Sèvre-Porzellan* – Porzellan der 1738 in Vincennes gegründeten, 1756 auf Wunsch der Madame Pompadour nach Sèvre verlegten, 1759 königlichen Manufaktur; künstlerische Blüte 1750–1850.

[65] *Hotel l'Iingénieur* – Hotel in Bastia auf dem Boulevard Paoli.

[65] *Watteau* – Jean Antoine Watteau (1684–1721), französischer Maler des Rokoko.

[65] *Pâté de Merle* – (französisch) Amselpastete.

[66] *Das Bild der Giovanna Tornabuoni von Ghirlandaio* – berühmtes Gemälde (1488) des florentinischen Malers der Frührenaissance Domenico Ghirlandaio (1449–1494).

[67] *Café chantant* – Tingeltangel.

[67] *La sorcière atroce* – (französisch) die widerliche Hexe.

[74] *Venus Kallipygos* – Die Venus Kallipygos genannte Figur in Neapel wird von H. Heydemann als Hetäre beschrieben. (Vgl. H. Heydemann: Hetäre Kallipygos, in: Jahrbuch des Archäologischen Instituts II (1887), Berlin 1888, S. 125–126.)

[75] *Agraffe* – (französisch) Schmuckspange, im Unterschied zur Brosche, Fibel oder Tassel ohne Dorn, mit Öse und Haken. Seit der Frühgotik als Mantelschließe, in der Renaissance an Kleidern oder Hüten getragen, im 17./18. Jahrhundert am Ausschnitt oder auf der Schulter.

[76] *Nocturnes von Whistler* – James Abbot McNeill Whistler (1834–1903), amerikanischer Maler und Radierer schottischer Abstammung. Freundschaft mit G. Courbet und D. G. Rossetti. Autor der *Feinen Art sich Feinde zu machen.* Erst Freund, dann Feind Oscar Wildes.

[76] *Asphodeloswiese* – Asphodelos (griechisch), weißblühende Lilienart.

[77] *Feerie* – (lateinisch/französisch) szenische Aufführung einer Feengeschichte mit großem Kostüm- und Ausstattungsaufwand.

[78] *Douceur* – (französisch) Trinkgeld.

[78] *Herme des Dionysos* – Herme (griechisch/lateinisch) Kultpfeiler mit Kopf des Gottes.

[80] *Kapelle zu Wiesbaden* – gemeint ist die russische Kapelle auf dem Neroberg, erbaut im 19. Jahrhundert.

[80] *Gabriele Rossetti* – Dante Gabriel Rossetti, eigentlich Gabriel Charles Dante Rossetti (1828–1882), englischer Dichter und Maler italienischer Herkunft. Einer der Präraffaeliten.

[80] *Epheben* – (griechisch) Bezeichnung für die im 4. Jahrhundert v. Chr. organisierten Athener Wehrpflichtigen im Alter zwischen 18 und 20 Jahren.

[81] *Als Arier schrieben Sie Ihre ästhetischen Maximen.* – In der von Viktor M. Mai bearbeiteten Fassung (München 1941, S. 46) wurde »Arier« durch »guter Europäer« ersetzt. Der »gute Arier Professor Mauzfies«, auf dessen Kosten sich Hermann Harry Schmitz lustig macht, steht vermutlich für Joseph-Arthur Comte de Gobineau. Mit dem 1941 entsprechend negativ besetzten Begriff »Guter Europäer« wurde dieser Sinnzusammenhang verschleiert.

[81] *Veronese* – Paolo Veronese, eigentlich Paolo Caliari (1528–1588), italienischer Maler. Ausbildung im Umkreis des frühen Manierismus.

[82] *Drawida* – Angehöriger einer Volksgruppe in Zentral- und Südindien.

[83] *meretrix onesta!* – (lateinisch) ehrliche Dirne.

[83] *Petrarca* – Francesco Petrarca (1304–1374), italienischer Dichter und Humanist der Renaissance.

[84] *Verrocchio* – Andrea del Verrocchio (1436–1488), italienischer Bildhauer, Maler und Goldschmied. Wurde nach dem Tode Donatellos Hauptmeister der florentinischen Bildhauerei.

[86] *Pasquale Paoli* – (1725–1807), korsischer Freiheitskämpfer, errichtete auf Korsika ein freiheitliches Regime und leitete 1755–1769 die Aufstände der Korsen gegen Genua und Frankreich. 1789 erkannte er die französische Herrschaft an und wurde Generalleutnant und Kommandeur von Bastia. Aus Abneigung gegen die Jakobiner unterstützte er 1793/94 die Eroberung der Insel durch die Engländer und zog sich 1795 enttäuscht nach England zurück.

[88] *Morgue* – Leichenschauhaus (in Paris)

[90] *Schibboleth* – (hebräisch) Erkennungszeichen, Losungswort.

## GROTESKE DRAMEN

NR. 42
EIN ALBDRUCK

(D) – Erstveröffentlichung hier. Überlieferung: Stadtarchiv Düsseldorf, Akte XXII S. 12: Hermann Harry Schmitz.

Das Stück wurde am 7.12.1907 anläßlich einer »Nikolaus-Kneipe« im Rahmen des »Akademischen Vereins Laetitia« im Vereinslokal in der Camphausenstraße 23 in Düsseldorf uraufgeführt.

[97] *Savonarola* – Girolamo Savonarola (1452–1498), einer der bedeutend-

sten Sittenprediger des Spätmittelalters. Er betrieb die Reform seines Klosters und der Kirche im Geiste der alttestamentarischen Propheten und nahm Einfluß auf das politische Leben in Florenz im Sinne einer theokratischen Demokratie. Wurde auf Betreiben seiner Gegner als Häretiker verbrannt. Heimlicher Held in Thomas Manns »Fiorenza«, 1906.

[97] *Walhalla* – (altnordisch Valhöll) nach der nordgermanischen Jenseitsvorstellung der Aufenthaltsort der gefallenen Krieger. 1830–1842 wurde bei Regensburg eine Ruhmeshalle in Form eines griechischen Tempels mit Bildnisbüsten berühmter Deutscher errichtet.

[98] *Paroxismus* – (griechisch) Anfall.

[98] *Heliogabal* – Marcus Aurelius Antonius Heliogabalus, eigentlich Varius Avitius Bassianus (204–222) römischer Kaiser seit 218; wird, als er eine neue Staatsgottheit einführen will, zusammen mit seiner Mutter ermordet.

[99] *Nardenöl* – (griechisch/semitisch) Bezeichnung für verschiedene wohlriechende Pflanzen, die schon im Altertum zur Herstellung von Salben und Ölen verwendet wurden.

[99] *tyrrhenisches Linnen* – Leinenstoff aus der heutigen Toskana.

[101] *»Sah ein Knab ein Röslein stehn, Röslein auf der Heiden«* – Anfang des Gedichts »Heidenröslein« von Goethe, das vermutlich im Frühjahr 1771 in Straßburg entstand.

[101] *aetas aurea* – (lateinisch) goldenes Zeitalter.

[101] *Jetzt geht es zum Maxim!* – Anspielung auf das Maxim-Lied aus der Operette »Die lustige Witwe« von Franz Lehár.

[101] *Georginen* – Dahlienart.

[102] *Was spricht die tiefe Mitternacht?* – Zweiter Vers des trunkenen Lieds »Oh Mensch! Gib acht!« aus Friedrich Nietzsches »Zarathustra«.

[104] *Tabes-Gang* – Tabes (lateinisch), Kurzbezeichnung für Tabes dorsalis, Rückenmarkserkrankung.

## DIE PHILOSOPHEN. DAS MYSTERIUM DES SONNENSTICHS

(E) – Erstveröffentlichung hier. Überlieferung: Stadtarchiv Düsseldorf, Akte XXII S. 12: Hermann Harry Schmitz.

Der groteske Einakter wurde im Sommer 1908 von Mitgliedern des »Akademischen Vereins Laetitia« anläßlich ihres 29. Stiftungsfestes uraufgeführt.

[114] *Miasmen* – (griechisch) giftige Ausdünstung.

[114] *Rote Radler* – Kurier- und Transportunternehmen, dessen Bedienstete rote Uniformen trugen.

[115] *je m'en fiche!* – das ist mir schnuppe!

... IST WOHLGETAN, ... IST WOHLGETAN
DIE TRAGÖDIE ALLER MARIONETTEN

(E) – Erstveröffentlichung hier. Überlieferung: Stadtarchiv Düsseldorf, Akte XXII S. 12: Hermann Harry Schmitz.

(D) – Mit starken Texteingriffen von Victor M. Mai veröffentlicht unter dem Titel »Der Platz an der Sonne. Die Tragödie aller Marionetten«, in: Professor Mauzfies und andere Tragödien, München 1941, S. 207–214. Uraufführung: Akademischer Verein Laetitia. Der genaue Zeitpunkt ist unbekannt, vermutlich um 1908.

[121] *kat exochen* – (griechisch) vorzugsweise, schlechthin.

[123] *Greco* – El Greco, eigentlich Domenikos Theotokópoulos (1541–1614), spanischer Maler griechischer Herkunft.

[123] *Velázquez* – Diego Rodriquez de Silva y Velázquez (1599–1660), spanischer Hofmaler.

[123] *Meier-Gräfe* – Julius Meier-Gräfe (1867–1935) deutscher Kunstkritiker, der großen Einfluß gewann mit seiner Wertschätzung der französischen Maler des 19. Jahrhunderts.

TITTI, DAS SCHNEELÄMMCHEN AUF DER PFARRWIESE

(E) – Erstveröffentlichung hier. Überlieferung: Stadtarchiv Düsseldorf, Akte XXII S. 12: Hermann Harry Schmitz.
Der groteske Einakter wurde von Mitgliedern des »Akademischen Vereins Laetitia« uraufgeführt. Der genaue Zeitpunkt konnte nicht ermittelt werden, vermutlich aber 1908/09.

[128] *michelanglesk* – Michelangelo (1475–1564) italienischer Bildhauer, Maler, Baumeister und Dichter.

[130] *Merkur* – in der Alchimie Bezeichnung für Quecksilber.

[131] *Salviati* – Francesco Salviati (1510–1563), italienischer Maler.

## KRISTALLSPLITTER

DREI FABELN OHNE MORAL
DER FUCHS UND DIE TRAUBEN
DER HAHN UND DER REGENWURM
DIE RANGIERLOKOMOTIVE UND DER PRELLBOCK

(E) – Sonntagsblatt des Düsseldorfer General-Anzeiger vom 29.12.1907.

(D) – Buch der Katastrophen, Leipzig 1916, S. 207–211.
Mit diesen Fabeln debütierte Hermann Harry Schmitz im »Düsseldorfer General-Anzeiger«.

[138] *Mastodon* – (griechisch) ausgestorbene, nur aus dem Jungtertiär bekannte Gattung etwa elephantengroßer Rüsseltiere.

DIE GESCHICHTE VON JEROBEAMS DAUMEN

(E) – Der Beitrag wurde vermutlich in den »Düsseldorfer Nachrichten« abgedruckt, konnte aber bisher nicht nachgewiesen werden.

(D) – Professor Mauzfies und andere Tragödien, München 1941, S. 100–106. Vorbemerkung der Redaktion der »Düsseldorfer Nachrichten«: *Diese Geschichte sandte einst Hermann Harry Schmitz seinem inzwischen ebenfalls heimgegangenen Freunde Erich Nikutowski als Morgengruß auf das Atelier mit dem freundlichen Wunsche, daß ihn darüber nicht der Schlag treffen möge. Wir hoffen, alle unsere Leser werden die Schrecken der Groteske ebenso überdauern wie damals Nikutowski.*

[142] *Herr Ibach* – Inhaber der kaiserlichen und königlichen Hofflügel- und Pianofabrik in Düsseldorf, Schadowstr. 52.

[142] *Klavierschule von Damm* – populäre Klavierschule von Gustav Damm (eigentlich Theodor Steingräber).

[142] *»Stiefel muß sterben«* – Anfangszeilen eines Liedes, das beim »Stiefeltrinken« gesungen wird. Text nach mündlicher Überlieferung:

*Stiefel muß sterben/Ist noch so jung, jung, jung/Stiefel muß sterben/Ist noch so jung.*

[144] *»Nun ruhen alle Wälder ...«* – Anfang des bekannten »Abendlieds« von Paul Gerhardt (1607–1676).

[144] *Niklas* – Anspielung auf »Die Geschichte von den schwarzen Buben« in Heinrich Hoffmanns »Der Struwwelpeter«:

*Bis übern Kopf ins Tintenfaß*
*Tunkt sie der große Nikolas.*

[144] *Lelbeck* – (rheinische Mundart) unreifer, junger Mann.

BÄCKER BAUCKE UND DER BUHMANN

(E) – Düsseldorfer Nachrichten vom 9.8.1923.

VEREINFACHUNGEN IM EISENBAHN-VERKEHR

(E) – Der Querschnitt durch 1921. Marginalien der Galerie Flechtheim, (Berlin/Düsseldorf/Frankfurt a. M.), (Ende Mai 1921), H. 2/3, S. 80.

# ESSAYS UND KRITIKEN

HERBERT EULENBERGS »RITTER BLAUBART« AUF DEN HAGENER FESTSPIELEN

(E) – Düsseldorfer General-Anzeiger vom 5.7.1909.

[155] *Herbert Eulenbergs »Ritter Blaubart«* – Ritter Blaubart. Ein Märchenstück in fünf Aufzügen. Uraufführung: 8.11.1906 im Berliner Lessingtheater. Buchveröffentlichung: Berlin: Fleischel, 1905.

[155] *Huret* – Jules Huret, französischer Reiseschriftsteller. 1910 erschien im Münchener Langen Verlag sein vierbändiges Werk »In Deutschland«.

[156] *Osthaus* – Karl Ernst Osthaus (1874–1921), Kunsthistoriker und Kunstsammler; Gründer und Leiter des Folkwang-Museums in Hagen, Mitbegründer des »Deutschen Werkbundes«.

[157] *Peter Behrens* – (1886–1940) deutscher Architekt und Designer; leitete unter anderem von 1903 bis 1907 die Kunstgewerbeschule in Düsseldorf.

[159] *»Anna Walewska« und sein »Ulrich«* – Anna Walewska. Eine Tragödie in fünf Aufzügen. Uraufführung: 12.4.1911 im Deutschen Theater Hannover. Buchveröffentlichung: Berlin, Sassenbach, 1899. Ulrich Fürst von Waldeck. Ein Schauspiel. Uraufführung: 15.4.1908 im Kölner Stadttheater. Buchveröffentlichung: Berlin: Marquardt, 1907.

## FUEGOS FATUOS. FRAGMENT AUS DEM LEBEN EINES PHANTASIERENDEN MÜSSIGGÄNGERS

(E) – Sonntagsblatt des Düsseldorfer General-Anzeiger vom 28.11.1909.

[160] *Fuegos Fatuos* – Fuegos Fatuos. Fragment aus dem Leben eines phantasierenden Müßiggängers. Roman von Otto Boyer († 1912), erschien 1909 im Düsseldorfer Schmitz & Olbertz Verlag. Boyer gehörte zum literarischen Stammtisch im »Rosenkränzchen«.

[160] *halkyonisch* – (griechisch) heiter, friedlich.

[161] *Seume* – Johann Gottfried Seume (1763–1810). Schmitz spielt hier auf Seumes bekanntestes Werk »Spaziergang nach Syrakus im Jahre 1802« an.

[162] *Wilke* – Rudolf Wilke (1873–1908), Zeichner und Karikaturist unter anderem für die Zeitschriften »Jugend« und »Simplizissimus«.

[164] *Kurt Kamlah* – (1866–1928). Düsseldorfer Schriftsteller, im Hauptberuf Geheimer Regierungsrat. Kamlah, ein Vetter von Otto Erich Hartleben, gehörte zum literarischen Stammtisch im »Rosenkränzchen«.

[165] *Hanns Heinz Ewers' »Die Teufelsjäger«* – Der Zauberlehrling oder Die Teufelsjäger. Roman. München: Georg Müller, 1909.

[166] *Armer Hanns Heinz, armer Edgar Allan Poe, Scheerbart, Meyrink, Baudelaire, Isle Adam, d'Aurevilly, Gautier, Wilde!* – Hermann Harry Schmitz verehrte die genannten Autoren ganz besonders. Isle Adam, d'Aurevilly und Gautier wurden von Schmitz' Freund Hanns Heinz Ewers, dessen Frau Ilna Ewers-Wunderwald und Ewers' Mutter Maria Ewers aus'm Weerth übersetzt und teilweise in aufwendigen Editionen herausgegeben.

## DER MANN MIT DER MASKE

(E) – Unterhaltungsbeilage zum Düsseldorfer General-Anzeiger vom 27.2.1910.

[169] *Er empfing mich in seinem Studio.* – gemeint ist Hanns Heinz Ewers' Düsseldorfer Wohnung auf der Immermannstraße 22.

[170] *Ewers, »(...) der vor kurzem in Berlin (...) die Thesen seiner dunklen Wissenschaft verkündete«* – Am 4.2.1910 führte Hanns Heinz Ewers »(...) seinen Freund, den Satan, dem er sich als Reklamechef verschrieben hat, in die gute Gesellschaft von Berlin W. ein. Er sprach in einem Vortrage, den er in dem Künstlerhause vor zahlreichem Publikum hielt, sein Bedauern darüber aus, daß der gehörnte Fürst der Hölle noch viel zu wenig bekannt sei, und gab sich dann das Vergnügen, seinen Zuhörern diese gruselige Kenntnis zu vermitteln.« (Vossische Zeitung, Berlin, vom 5.2.1910) Als Quelle diente Ewers das Buch von Stanislaw Przybyszewski »Die Synagoge Satans. Entstehung und Kult des Hexensabbats, des Satanismus und der Schwarzen Messe« (1897/1900).

[170] *Moganni Nameh* – Titel einer Gedichtsammlung von Hanns Heinz Ewers im Münchener Georg Müller Verlag (1910). »Moganni Nameh« heißt auch das »Buch des Sängers«, mit dem Goethes »West-Östlicher Divan« beginnt.

[170] *Ilna Ewers-Wunderwald* – (1875–1957), Kunstmalerin und Übersetzerin; gehörte zum literarischen Stammtisch im »Rosenkränzchen«. Mit Hanns Heinz Ewers in erster Ehe verheiratet.

[171] *»Delphi«* – »Delphi« ist auch der Titel eines Dramas von Hanns Heinz Ewers, das 1909 im Münchener Georg Müller Verlag erschien.

[173] *Ilna Ewers-Wunderwalds »(...) Ausstellung ihrer farbigen Werke hier in Düsseldorf, wie auch in der Berliner Sezession«* – Ausstellung von Zeichnungen in der Kunsthalle Düsseldorf, Oktober 1909; Beteiligung an der Großen Berliner Kunstausstellung 1911.

[173] *Beardsley* – Aubrey Vincent Beardsley (1872–1898), englischer Zeichner des »Fin de siècle«, der unter anderem Werke von Oscar Wilde, Aristophanes und Pope ausstattete.

## HANNS HEINZ EWERS ALS REISESCHRIFTSTELLER

(E) – Düsseldorfer General-Anzeiger vom 29.10.1911.

[175] *Bajaderen und Nautchgirls* – indische Tempeltänzerinnen. »Die Nautch sind gewiß von allen Frauen Indiens die beneidenswertesten; obwohl recht eigentlich Kehrfrauen, tun sie doch nichts als tanzen, singen, dichten, lieben und Betel kauen. Als Gattin Schiwas oder eines anderen Gottes sind sie dabei hoch angesehen (...)« Hanns Heinz Ewers: Indien und ich. München: Georg Müller, 1911, S. 29.

[175] *Gosain* – (sanskrit) in religiöser Meditation lebender Mensch in Indien.

## EINE EULENBERG-PREMIERE IN KOBLENZ

(E) – Düsseldorfer General-Anzeiger vom 4.11.1911.

[177] *Herbert Eulenbergs neues Stück »Alles um Geld«* – Uraufführung: 19.9.1911 im Berliner Lessingtheater. Buchveröffentlichung: Leipzig; Rowohlt, 1911.

[178] *»Das Geheimnis der Frauen«* – Erzählung von Herbert Eulenberg. In: Sonderbare Geschichten. Leipzig: Rowohlt, 1910, S. 91–114.

[181] *Prof. Dr. Litzmann, Bonn* – Berthold Litzmann (1857–1926), Literatur- und Theaterwissenschaftler in Bonn.

[181] *Wilhelm Schäfer, Vallendar* – (1868–1952), volkstümlicher Erzähler, befreundet mit Richard Dehmel und Paul Scheerbart. Gab von 1900–1922 die Zeitschrift »Die Rheinlande« heraus, in der er u. a. Robert Walser, Hermann Hesse, Kasimir Edschmid und Paul Zech vorstellte.

KATINKA DIE FLIEGE. HERBERT EULENBERGS NEUER ROMAN

(E) – Düsseldorfer General-Anzeiger vom 17.12.1911.

[181] *F. H. Ehmcke* – Fritz Helmut Ehmcke (1878–1965), von 1907–1913 Lehrer an der Düsseldorfer Kunstgewerbeschule; später Professor an der Münchener Kunstakademie. Ehmcke gilt als einer der bedeutendsten Buchausstatter und Gebrauchsgrafiker.

RENAISSANCE

(E) – Düsseldorfer General-Anzeiger vom 27.12.1911.

[192] *Graf Gobineau* – Joseph Arthur, Graf von Gobineau (1816–1882), franz. Diplomat und Schriftsteller, verfaßte »Die Ungleichheit der menschlichen Rassen«.

[192] *E. R. Weiß* – Emil Rudolf Weiß (1875–1942), Buchkünstler, Typograph und Maler. Von 1907–1933 Professur in Berlin; arbeitete hauptsächlich für die Verlage Diederichs, Insel und S. Fischer.

[194] *Ludovico Moro* – Ludovico (il Moro) Sforza (1452–1508), Herzog von Mailand; freigiebiger Förderer der Künste und Wissenschaften.

[194] *Condottieri* – Im 14. und 15. Jahrhundert Söldner- und Freischarführer in Italien.

[194] *Gonsalvo de Cordova* – Hernandez Gonsalvo de Aguilar de Cordova (1443–1515), spanischer Feldherr; führte 1494 ein spanisches Hilfsheer zur Unterstützung König Ferdinands II. nach Neapel und vertrieb die Franzosen; eroberte 1503 ganz Unteritalien.

[195] *Julius II.* – vorher Kardinal Giuliano della Rovere; bestieg 1503 den päpstlichen Stuhl. Bedeutender Förderer der Künste und Wissenschaften. Gegner des Cesare Borgia.

[195] *Leo X.* – (1475–1521), vorher Kardinal Giovanni de' Medici, wurde 1513 zum Papst gewählt.

[195] *Bramante* – eigentlich Donato d'Angelo (1444–1514), italienischer Baumeister und Maler; begründete die klassische Architektur der italienischen Hochrenaissance.

[195] *Machiavelli* – Niccolo di Bernardo dei Machiavelli (1469–1527), Staatsmann und politischer Schriftsteller. Sein Hauptwerk »Il principe« erschien 1514.

[196] *Marchesa Vittoria Colonna* – (1492–1547), bedeutendste italienische Dichterin der Renaissance.

[196] *Connétable von Bourbon* – Connétable Charles Bourbon, Herzog von Bourbonnais (1490–1527), französischer Feldherr; zog 1527 mit Georg von Frundsberg gegen Clemens VII.

EIN TELEPATHISCHES PHÄNOMEN

(E) – Düsseldorfer General-Anzeiger vom 26.10.1912.

# GEDICHTE

ANEMONEN

(E) – Unterhaltungsbeilage des Düsseldorfer General-Anzeiger vom 12.4.1914.

FRÜHLING

(E) – Düsseldorfer Heimatblätter, »Das Tor« vom April 1960, S. 65-66. Das Gedicht entstand 1910, während eines Sanatoriumaufenthalts von Schmitz in Spetzgart bei Überlingen. Der Text folgt der Handschrift; eine frühere, von Victor M. Mai bearbeitete Version, erschien bereits in der Unterhaltungsbeilage des Düsseldorfer General-Anzeiger vom 12.4.1914.

DIE ANGST

(E) – Unterhaltungsbeilage des Düsseldorfer General-Anzeiger vom 12.4.1914.

# *Bibliographie*

Zusammengestellt von Michael Matzigkeit

## *I. BUCHAUSGABEN*

HERMANN HARRY SCHMITZ:
DER SÄUGLING UND ANDERE TRAGIKOMÖDIEN.

Mit einer Einbandzeichnung von Emil Preetorius.
Enthält: Der Säugling. – Die Taufe. – Die vorzügliche Kaffeemaschine. – O Gott, bei Benders ist Hausputz. – Was Tante Gottmeih Schlüngel in der Stadt passierte. – Der Einbruch. – Onkel Willibald will baden. – Das verliehene Buch. – Die Promenade. – Der überaus vornehme Friseur. – Von Männern, die an Schaltern sitzen. – Die Bahnhofsmission. – Die geteerte Straße. – Als ich gen Italien fuhr. – Kennen Sie das Land, wo die Zitronen blühen? – Im Riviera Splendid Palace. – Ventimiglia, Ventimiglia oder Haben Sie nichts zu verzollen? – Herbsttage am Rhein. – Wie es kompliziert war, bis ich in die Sommerfrische kam. – Was mir an der Table d'hôte in der Sommerfrische passierte. – Von meiner Lunge. – Im Sanatorium. – Der Blinddarm – ein Fluch.

1.1 Leipzig [: Ernst Rowohlt], 1911.
1.2 Leipzig [: Ernst Rowohlt], 1911.
1.3 Leipzig [: Ernst Rowohlt], 1912.

Mit neuem Satzspiegel:

1.4 Leipzig [: Kurt Wolff], 1913.
1.5 Leipzig [: Kurt Wolff], 1916.
1.6 Leipzig [: Kurt Wolff], 1917; 9. – 15. Tausend.
1.7 Leipzig [: Kurt Wolff], 1918; 16. – 25. Tausend.
1.8 München [: Kurt Wolff], 1921; 26. – 30. Tausend.
1.9 München [: Kurt Wolff], 1922; 31. – 35. Tausend.
1.10 München [: Kurt Wolff], 1924; 36. – 40. Tausend.
1.11 München [: Kurt Wolff], 1927; 41. – 43. Tausend.
1.12 München [: Kurt Wolff], 1928; 44. – 46. Tausend.
1.13 München [: Verlag für zeitlichen Fortschritt], 1935; 47. – 49. Tausend.

Von Victor M. Mai herausgegeben und mit einem Vorwort versehen. Einige Texte und die Einbandgestaltung von Emil Preetorius wurden nach rasseideologischen Vorgaben verändert.
1.14 München [: Fortschritt – Sprachenverlag Richard Pille], 1940; 50. – 54. Tausend.
1.15 München [Fortschritt – Sprachenverlag Richard Pille], 1943; 55. – 59. Tausend.

### Hermann Harry Schmitz: Buch der Katastrophen.

Mit einem Vorwort des Herausgebers Victor M. Mai und einem Geleitwort von Herbert Eulenberg. Einbandzeichnung von Emil Preetorius.

Enthält: Aus einem rheinischen Städtchen: Turbine Muhlmann. Das Elslein von Caub. – Der gute Mensch. – Onkel Bogumil trinkt. – Die Bluse. – Vom treuen Leser. – Lillichens Verlobung. – Der Tierfreund. – Die vierbeinige Gefahr. – Theater. – Der interessante Kopf. – Beethoven. – Das Denkmal Noahs. – Wie ich mich entschloß, auf den Händen zu gehen. – Die Diva und die Notbremse. – Umzug. – Das neue Auto. – Feine Gesellschaft. – Hitze! Hitze! – Drei Fabeln ohne Moral: Der Fuchs und die Trauben. Der Hahn und der Wurm. Die Rangierlokomotive und der Prellbock. – Der Mann mit dem verschluckten Auge.

2.1 Leipzig [: Kurt Wolff], 1916; 1. – 5. Tausend.
2.2 Leipzig [: Kurt Wolff], 1917; 6. – 11. Tausend.
2.3 Leipzig [: Kurt Wolff], 1918; 12. – 21. Tausend.
2.4 München [: Kurt Wolff], 1922; 22. – 26. Tausend.
2.5 München [: Kurt Wolff], 1926; 27. – 29. Tausend.
2.6 München [: Kurt Wolff], 1929; 30. – 32. Tausend.

Mit einem neuen Vorwort des Herausgebers Victor M. Mai, einem überarbeiteten Geleitwort von Herbert Eulenberg und mit neuer Einbandgestaltung von Emil Preetorius; die alte Einbandzeichnung wurde nach rasseideologischen Vorgaben verändert. Die Ausgaben wurden zudem unter politischen Gesichtspunkten stark bearbeitet:

2.7 München [: Fortschritt – Sprachenverlag Richard Pille], 1940; 33. – 37. Tausend.
2.8 München [: Fortschritt – Sprachenverlag Richard Pille], 1943; 38. – 42. Tausend.

### Hermann Harry Schmitz/Victor M. Mai: Professor Mauzfies und andere Tragödien.

Mit einem Vorwort des Herausgebers Victor M. Mai und einer Einbandzeichnung von Emil Preetorius. Einige der dort abgedruckten Texte verfaßte Mai selbst; sie sind jedoch nicht ausgewiesen. Einige der Schmitz'schen Texte wurden von Mai stark bearbeitet.

Enthält von Hermann Harry Schmitz: Professor Mauzfies. – Stilles Villenviertel. – Herr Durchschuß, mein Todfeind. – Der Prophet auf Capri. – Jerobeams Daumen. – Circulus vitiosus. – Die Flucht ins Nichts. – Der Platz an der Sonne.

3.1 München [: Fortschritt – Sprachenverlag Richard Pille], 1941; 1. – 5. Tausend.

Hermann Harry Schmitz: Der Säugling und andere Katastrophen.

Mit einem Vorwort des Herausgebers Heinz Stolz. Einige Texte wurden von Stolz stillschweigend gekürzt. Einband- und Vorsatzgestaltung von Heinz Edelmann.

Enthält: Der Säugling. – Die geteerte Straße. – Das verliehene Buch. – Tante Gottmeih im Theater. – Die vorzügliche Kaffeemaschine. – Hausputz bei Benders. – Großer Umzug. – Das neue Auto. – Wie ich mich entschloß, auf den Händen zu gehen. – Ventimiglia, Ventimiglia oder Haben Sie nichts zu verzollen? – Der Schönheitsapostel (aus »Professor Mauzfies«). – Von meiner Lunge. – Der Blinddarm – ein Fluch! – Der Mann mit dem verschluckten Auge. – Der überaus vornehme Friseur. – Der interessante Kopf. – Die Bluse. – Die Diva und die Notbremse. – Zwei Fabeln ohne Moral: Der Hahn und der Wurm. Die Rangierlokomotive und der Prellbock. – Lillichens Verlobung.

4.1 Düsseldorf [: Droste], 1964.

Hermann Harry Schmitz: Die Taufe und andere Katastrophen.

Mit einem Nachwort von Karl Heinz Berger. Einbandgestaltung und Textillustrationen von Horst Hussel.

Enthält: Die vorzügliche Kaffeemaschine. – Das verliehene Buch. – Onkel Willibald will baden. – Der Säugling. – Die Taufe. – Umzug. – Das neue Auto. – Der überaus vornehme Friseur. – Von Männern, die an Schaltern sitzen. – Die Diva und die Notbremse. – Die Bluse. – Wie ich mich entschloß, auf den Händen zu gehen. – Feine Gesellschaft. – Wie es kompliziert war, bis ich in die Sommerfrische kam. – Was mir in der Sommerfrische passierte. – Kennen Sie das Land, wo die Zitronen blühen? Der Tierfreund. – Onkel Bogumil trinkt. – Der Blinddarm – ein Fluch! – Im Sanatorium. – Drei Fabeln ohne Moral: Der Fuchs und die Trauben. Der Hahn und der Wurm. Die Rangierlokomotive und der Prellbock.

5.1 Berlin (DDR) [: Eulenspiegel], 1965; 1. – 5. Tausend.
5.2 Berlin (DDR) [:Eulenspiegel], 1974; 6. – 13. Tausend.

Hermann Harry Schmitz: Buch der Katastrohpen.

Mit einem Vorwort des Herausgebers Otto Jägersberg. Einbandgestaltung und Textillustrationen von Horst Hussel.

Enthält: Der Säugling. – Die Taufe. – Das verliehene Buch. – Lillichens Verlobung. – Die Bluse. – Feine Gesellschaft. – Der gute Mensch. – Der Tierfreund. – Die vierbeinige Gefahr. – Die vorzügliche Kaffeemaschine. – Die Diva und die Notbremse. – Umzug. – Das neue Auto. – Onkel Willibald will baden. – Wie es kompliziert war, bis ich in die Sommerfrische kam. – Was mir an der Table d'hôte in der Sommerfrische passierte. – Kennen Sie das Land, wo die Zitronen blühen? – Von Männern, die an Schaltern sitzen. – Die geteerte Straße. – Der überaus vornehme Friseur. – Die Bahnhofsmission. – Im Sanatorium. – Der Mann mit dem verschluckten Auge. – Der Blinddarm – ein Fluch!

6.1 Zürich [: Diogenes], 1966; 1. – 4. Tausend.
6.2 Zürich [: Diogenes], 1972; 5. – 14. Tausend. (Sonderausgabe).
6.3 Zürich [: Diogenes], 1978; 15. – 25. Tausend. (Taschenbuch).

6.4 Zürich [: Diogenes], 1981; 26. – 29. Tausend. (Taschenbuch).
6.5 Zürich [: Diogenes], 1983; 30. – 32. Tausend. (Taschenbuch).
6.6 Zürich [: Diogenes], 1987. (Taschenbuch).
6.7 Zürich [: Diogenes], 1993. (Taschenbuch).
6.8 Zürich [: Diogenes], 1995. (Taschenbuch).

HERMANN HARRY SCHMITZ: KATASTROFALE VERHALTEN.

Übersetzung ins Niederländische von Gerrit Komrij. Umschlagentwurt von Hans Buys, Textillustrationen von Horst Hussel.

7.1 Amsterdam [: Van Ditmar], 1968; Übersetzung von 6.

HERMANN HARRY SCHMITZ:
FEINE GESELLSCHAFT UND ANDERE KATASTROPHEN.
VIERUNDZWANZIG TRAGIKOMISCHE GESCHICHTEN.

Mit einem Vorwort des Herausgebers Otto Jägersberg. Einbandgestaltung und Textillustrationen von Horst Hussel.
Der Säugling. – Die Taufe. – Das verliehene Buch. – Lillichens Verlobung. – Die Bluse. – Feine Gesellschaft. – Der gute Mensch. – Der Tierfreund. – Die vierbeinige Gefahr. – Die vorzügliche Kaffeemaschine. – Die Diva und die Notbremse. – Umzug. – Das neue Auto. – Onkel Willibald will baden. – Wie es kompliziert war, bis ich in die Sommerfrische kam. – Was mir an der Table d'hôte in der Sommerfrische passierte. – Kennen Sie das Land, wo die Zitronen blühen? – Von Männern, die an Schaltern sitzen. – Die geteerte Straße. – Der überaus vornehme Friseur. – Die Bahnhofsmission. – Im Sanatorium. – Der Mann mit dem verschluckten Auge. – Der Blinddarm – ein Fluch!

8.1 Zürich [: Buchclub Ex Libris], 1976; ungekürzte Lizenzausgabe von 6.

HERMANN HARRY SCHMITZ:
WIE ICH MICH ENTSCHLOSS, AUF HÄNDEN ZU GEHEN.
30 KATASTROPHENGESCHICHTEN.

Mit einem Nachwort der Herausgeber Alice und Karl Heinz Berger. Einbandgestaltung und Textillustrationen von Horst Hussel.

Enthält: Der Säugling. – Die Taufe. – Onkel Willibald will baden. – Die Bahnhofsmission. – Die Bluse. – Der überaus vornehme Friseur. – Feine Gesellschaft. – Die Promenade. – Die Diva und die Notbremse. – Von Männern, die an Schaltern sitzen. – Das neue Auto. – Die vorzügliche Kaffeemaschine. – Umzug. – Wie ich mich entschloß, auf Händen zu gehen. – Die geteerte Straße. – Der Blinddarm – ein Fluch! – Der Tierfreund. – Hitze! Hitze! – Drei Fabeln ohne Moral. – Onkel Bogumil trinkt. – Wie es kompliziert war, bis ich in die Sommerfrische kam. – Was mir an der Table d'hôte in der Sommerfrische passierte. – Als ich gen Italien fuhr. – Kennen Sie das Land, wo die Zitronen blühen? Im Sanatorium. – Vom treuen Leser. – Das verliehene Buch. – Lillichens Verlobung. – Der interessante Kopf. – Das Denkmal Noahs.

9.1 Berlin (DDR) [: Eulenspiegel], 1987.

Hermann Harry Schmitz: Die Bluse und andere Grotesken.
Sämtliche Werke, Band 1.

Mit Anmerkungen, einer editorischen Notiz der Herausgeber Bruno Kehrein und Michael Matzigkeit und einem biographischen Nachwort von Michael Matzigkeit. Einbandgestaltung von Nikolaus Heidelbach.

Enthält: Das verliehene Buch. – Der Einbruch. – O Gott, bei Benders ist Hausputz! – Der Säugling. – Die Bahnhofsmission. – Die Promenade. – Von Männern, die an Schaltern sitzen. – Die geteerte Straße. – Die feine Gesellschaft, die feine Gesellschaft. – Vom treuen Leser. – Herr Durchschuß – mein Todfeind oder: Wie ich Plagiator wurde. – Der überaus vornehme Friseur. – Das Denkmal Noahs. – Was Tante Gottmeih Schlüngel in der Stadt passierte. – Vom Hosenrock. – Warum mein Beitrag ungeschrieben blieb. – Die Büste. – Theater. – Die Bluse. – Der Hutnadelkrieg. – Der interessante Kopf. – Hitze! Hitze! – Die vorzügliche Kaffeemaschine. – Wie ich mich entschloß, auf den Händen zu gehen. – Der Umzug. – Die Diva und die Notbremse. – Das neue Auto. – Die vierbeinige Gefahr. – Der Tierfreund.

10.I.1 Zürich [: Haffmans], 1988; 1. – 4. Tausend.

Hermann Harry Schmitz: Reisen und andere Katastrophen.
Sämtliche Werke, Band 2.

Mit Anmerkungen der Herausgeber Bruno Kehrein und Michael Matzigkeit. Einbandgestaltung von Nikolaus Heidelbach.

Enthält: Die Taufe. – Lillichens Verlobung. – Das stille Villenviertel. – Der gute Mensch. – Onkel Bogumil trinkt. Eine stark alkoholhaltige Geschichte. – Wie es kompliziert war, bis ich in die Sommerfrische kam. – Wie es noch weiter kompliziert war, bis ich in die Sommerfrische kam. – In der Sommerfrische. Mein erster Tag an der Table d'hôte und was daraus entstand. – Herbsttage am Rhein. – Aus einem rheinischen Städtchen: Turbine Muhlmann. Das Elslein von Caub. – Als ich gen Italien fuhr. – Kennen Sie das Land, wo die Zitronen blühen? – Ventimiglia, Ventimiglia oder: Haben Sie nichts zu verzollen? – Im Riviera Splendid Palace oder: Mein Debüt als Hoteldieb. – Im Kater Hiddigeigei. – O Rom, o Rom! – Von alten Frauen, Pferden und mißhandelter Kunst. – Im Sanatorium. – Onkel Willibald will baden. – Der Mann mit dem verschluckten Auge. – Von meiner Lunge. – Der Blinddarm – ein Fluch!

10.II.1 Zürich [: Haffmans], 1988; 1. – 4. Tausend.

Hermann Harry Schmitz: Der Ästhet und andere Tragikomödien.
Sämtliche Werke, Band 3.

Mit Anmerkungen der Herausgeber Bruno Kehrein und Michael Matzigkeit und einer Bibliographie von Michael Matzigkeit. Einbandgestaltung von Nikolaus Heidelbach.

Enthält: Der Fremde. – Circulus vitiosus. – Der Aesthet. Eine immerhin recht merkwürdige Geschichte. – Nr. 42. Ein Alpdruck. – Die Philosophen. Das Mysterium des Sonnenstichs. – ... ist wohlgetan, ... ist wohlgetan. – Titti, das Schneelämmchen auf der Pfarrwiese. – Drei Fabeln ohne Moral: Der Fuchs und die Trauben. Der Hahn und der Regenwurm. Die Rangierlokomotive und der Prellbock. – Die Geschichte mit Jerobeams Daumen. – Bäcker Bauke und der Buhmann. – Vereinfachung im Eisenbahn-Verkehr. – Herbert Eulenbergs »Ritter Blaubart« auf den Hagener Festspielen. – Der Mann mit der Maske. – Hanns Heinz Ewers als Reiseschriftsteller. – Eine Eulenberg-Premiere in Koblenz. – Katinka, die Fliege. Herbert Eulenbergs neuer Roman. – Renaissance. – Ein telepathisches Phänomen. – Gedichte: Anemonen. Frühling. Die Angst.

10.III.1 Zürich [: Haffmans], 1988; 1. – 4 Tausend.

HERMANN HARRY SCHMITZ: DER SÄUGLING UND ANDERE KATASTROPHEN

Umschlaggestaltung und Textillustrationen von Luise Wulff.

Enthält: Der Säugling. – Der Einbruch. – Feine Gesellschaft. – Der gute Mensch. – Die Bluse. – Umzug. – Der Blinddarm – ein Fluch! – Das neue Auto. – Die geteerte Straße.

11. Gütersloh [: Bertelsmann Club GmbH u.a.], o.J. [1988]

## *II. ERSTVERÖFFENTLICHUNGEN IN ALMANACHEN, ZEITUNGEN UND ZEITSCHRIFTEN*

1906

*Die Bahnhofsmission.* In: Simplicissimus, München, Jg. 10 (1906), Nr. 46, S. 546 – 547.

1907

*Drei Fabeln ohne Moral. [Der Fuchs und die Trauben. – Der Hahn und der Wurm. – Die Rangierlokomotive und der Prellbock. ]* In: Sonntagsblatt des »Düsseldorfer General-Anzeiger« vom 29.12.1907, Nr. 52.

1908

*Das verliehene Buch.* In: Sonntagsblatt des »Düsseldorfer General-Anzeiger« vom 16.2.1908, Nr. 7.

*Die Promenade.* In: Sonntagsblatt des »Düsseldorfer General-Anzeiger« vom 12.4.1908, Nr. 15.

*Der Fremde.* In: Sonntagsblatt des »Düsseldorfer General-Anzeiger« vom 28.6.1908, Nr. 26, 5.7.1908, Nr. 27 und 12.7.1908, Nr. 28.

*Wie es kompliziert war, bis ich in die Sommerfrische kam.* In: Sonntagsblatt des »Düsseldorfer General-Anzeiger« vom 3.8.1908, Nr. 34.

*Wie es noch weiter kompliziert war, bis ich in die Sommerfrische kam.* In: Sonntagsblatt des »Düsseldorfer General-Anzeiger« vom 6.9.1908, Nr. 36.

*In der Sommerfrische.* In: Sonntagsblatt des »Düsseldorfer General-Anzeiger« vom 20.9.1908, Nr. 38.

*Der hundertjährige Schlaf.* In: Düsseldorfer General-Anzeiger, 22.11.1908, Nr. 325 [Mit starken Textveränderungen wiederveröffentlicht unter dem Titel *Circulus vitiosus.* In: Professor Mauzfies und andere Tragödien, München 1941, S. 129 – 144].

*Die Taufe.* In: Simplicissimus-Kalender für 1909. München [: Albert Langen, Verlag für Litteratur und Kunst], o.J. [1908], S. 53–58, 60, 62–65, 68–69, 71.

1909

*Als ich gen Italien fuhr.* In: Düsseldorfer General-Anzeiger vom 2.5.1909, Nr. 121.

*Kennen Sie das Land, wo die Zitronen blühen und so?* In: Düsseldorfer Generalanzeiger vom 30.5.1909, Nr. 149.

*Ventimiglia, Ventimiglia oder Haben Sie nichts zu verzollen?* In: Düsseldorfer General-Anzeiger vom 27.6.1909, Nr. 176.

*Herbert Eulenbergs »Ritter Blaubart« auf den Hagener Festspielen.* In: Düsseldorfer General-Anzeiger vom 5.7.1909, Nr. 184.

*Im Riviera Splendid Palace oder Mein Debüt als Hoteldieb.* In: Düsseldorfer General-Anzeiger vom 26.9.1909, Nr. 267.

*Herbststage am Rhein.* In: Düsseldorfer General-Anzeiger vom 3.10.1909, Nr. 274.

*Aus einem rheinischen Städtchen.* In: Düsseldorfer General-Anzeiger vom 10.10.1909, Nr. 281.

*Fuegos Fatuos. Fragment aus dem Leben eines phantasierenden Müßiggängers.* [Rezension zum gleichnamigen Roman von Otto Boyer]. In: Sonntagsblatt des »Düsseldorfer General-Anzeiger« vom 28.11.1909, Nr. 48.

1910

*Der überaus vornehme Friseur.* In: Düsseldorfer General-Anzeiger vom 20.2.1910, Nr. 50.

*Der Mann mit der Maske.* [Über Hanns Heinz Ewers]. In: Unterhaltungsbeilage zum »Düsseldorfer General-Anzeiger« vom 27.2.1910, Nr. 49.

*Die vorzügliche Kaffeemaschine.* In: Düsseldorfer General-Anzeiger vom 8.5.1910, Nr. 126.

*Der Einbruch.* In: Düsseldorfer General-Anzeiger vom 19.7.1910, Nr. 167.

*Von alten Frauen, Pferden und mißhandelter Kunst.* In: Düsseldorfer General-Anzeiger vom 12.11.1910, Nr. 313.

*Im Kater Hiddigeigei.* In: Düsseldorfer General-Anzeiger vom 27.11.1910, Nr. 328.

1911

*Das Denkmal Noahs.* In: Düsseldorfer General-Anzeiger vom 26.2.1911, Nr. 57.

*Was Tante Gottmeih Schlüngel in der Stadt passierte.* In: Düsseldorfer General-Anzeiger vom 12.3.1911, Nr. 71.

*Vom Hosenrock.* In: Düsseldorfer General-Anzeiger vom 19.3.1911, Nr. 78.

*O Rom, o Rom!* In: Düsseldorfer General-Anzeiger vom 2.4.1911, Nr. 92.

*Von meiner Lunge.* In: Düsseldorfer General-Anzeiger vom 23.4.1911, Nr. 112.

*O Gott, bei Benders ist Hausputz! In: Düsseldorfer General-Anzeiger vom 7.5.1911, Nr. 126.*

*Im Sanatorium.* In: Düsseldorfer General-Anzeiger vom 14.5.1911, Nr. 133.

*Von Männern, die an Schaltern sitzen.* In: Düsseldorfer General-Anzeiger vom 4.6.1911, Nr. 154.

*Die geteerte Straße.* In: Düsseldorfer General-Anzeiger vom 11.6.1911, Nr. 160.

*Onkel Willibald will baden.* In: Düsseldorfer General-Anzeiger vom 25.6.1911, Nr. 174.

*Der Säugling.* In: Düsseldorfer General-Anzeiger vom 23.7.1911, Nr. 202.

*Hanns Heinz Ewers als Reiseschriftsteller.* In: Düsseldorfer General-Anzeiger vom 29.10.1911, Nr. 300.

*Eine Eulenberg-Premiere in Koblenz.* [Zu »Alles um Geld«] In: Düsseldorfer General-Anzeiger vom 4.11.1911, Nr. 306.

*Lillichens Verlobung. Eine wahrhaft brave Geschichte.* In: Unterhaltungsbeilage zum »Düsseldorfer General-Anzeiger« vom 19.11.1911, Nr. 273.

*Katinka die Fliege. Herbert Eulenbergs neuer Roman.* In: Düsseldorfer General-Anzeiger vom 17.12.1911, Nr. 349.

*Renaissance.* [Rezension zu Joseph Arthur Gobineaus gleichnamigen Bühnenwerk]. In: Düsseldorfer General-Anzeiger vom 27.12.1911, Nr. 357.

1912

*Die Büste.* In: Düsseldorfer General-Anzeiger vom 10.3.1912, Nr. 69.

*Die vierbeinige Gefahr.* In: Düsseldorfer General-Anzeiger vom 31.3.1912, Nr. 90.

*Warum mein Beitrag ungeschrieben blieb.* In: Düsseldorfer Theaterwoche vom 20.4.1912, Heft 85, S. 2–4.

*Wie ich mich entschloß, auf den Händen zu gehen.* In: Düsseldorfer General-Anzeiger vom 26.5.1912, Nr. 145.

*Theater.* In: Düsseldorfer General-Anzeiger vom 16.6.1912, Nr. 165.

*Das stille Villenviertel.* In: Düsseldorfer General-Anzeiger vom 18.8.1912, Nr. 228.

*Die Bluse.* In: Düsseldorfer General-Anzeiger vom 13.10.1912, Nr. 284.

*Der Hutnadelkrieg. Eine Enquête und ein Erlebnis.* In: Düsseldorfer General-Anzeiger vom 20.10.1912, Nr. 291.

*Ein telepathisches Phänomen.* [Essay]. In: Düsseldorfer General-Anzeiger vom 26.10.1912, Nr. 297.

*Der Umzug.* In: Unterhaltungsbeilage zum »Düsseldorfer General-Anzeiger« vom 10.11.1912, Nr. 312.

*Der Tierfreund.* In: Düsseldorfer General-Anzeiger vom 1.12.1912, Nr. 333.

*Die Diva und die Notbremse.* In: Düsseldorfer General-Anzeiger vom 8.12:1912, Nr. 340.

*Der gute Mensch.* In: Düsseldorfer General-Anzeiger vom 15.12.1912, Nr. 347.

1913

*Herr Lux mein Todfeind. Oder: Wie ich Plagiator wurde.* In: [Festschrift] Presseball 1913 im Breidenbacher Hof zu Düsseldorf am 4. Januar, o.P.

*Das neue Auto.* In: Düsseldorfer General-Anzeiger vom 26.1.1913, Nr. 26.

*Onkel Bogumil trinkt. Eine stark alkoholisierte Geschichte.* In: Düsseldorfer General-Anzeiger vom 23.2.1913, Nr. 54.

*Die feine Gesellschaft, die feine Gesellschaft.* In: Düsseldorfer General-Anzeiger vom 23.3.1913, Nr. 82.

1914

*Drei Gedichte. [Anemonen. – Der Frühling. – Die Angst.]* In: Unterhaltungsbeilage zum »Düsseldorfer General-Anzeiger« vom 12.4.1914, Nr. 102.

1921

*Der Aesthet.* In: Düsseldorfer Nachrichten vom 6.2.1921, Nr. 65/66; 7.2.1921, Nr. 67; 8.2.1921, Nr. 69; 9.2.1921, Nr. 71; 10.2.1921, Nr. 73; 11.2.1921, Nr. 75; 12.2.1921, Nr. 77 und 13.2.1921, Nr. 78/79.

*Vereinfachung im Eisenbahnverkehr.* In: Der Querschnitt durch 1921. Marginalien der Galerie Flechtheim, (Berlin/Düsseldorf/Frankfurt a.M.), (Ende Mai 1921), H. 2/3, S. 80.

1923

*Bäcker Bauke und der Buhmann.* In: Düsseldorfer Nachrichten vom 9.8.1923, Nr. 308.

1926

*Der Platz an der Sonne. Die Tragödie aller Marionetten.* In: Düsseldorfer Nachrichten, ([Sonderbeilage] 50 Jahre Düsseldorfer Nachrichten), 5.5.1926, Nr. 226.

*DIE FOLGENDEN TEXTE LIEGEN OFFENBAR NUR IN EINER BUCHFASSUNG VOR:*

*Der Blinddarm – ein Fluch!* In: Der Säugling und andere Tragikomödien, Leipzig 1911, S. 234 – 250.

*Vom treuen Leser.* In: Buch der Katastrophen, Leipzig 1916, S. 54–60.

*Der interessante Kopf.* In: Buch der Katastrophen, Leipzig 1916, S. 112–118.

*Hitze! Hitze!* In: Buch der Katastrophen, Leipzig 1916, S. 200–206.

*Der Mann mit dem verschluckten Auge.* In: Buch der Katastrophen, Leipzig 1916, S. 212–230.

*DIE FOLGENDEN TEXTE KONNTEN NICHT NACHGEWIESEN WERDEN:*

Rezension zu dem Erzählband »Die Liebe des Vinzenz Leuther« von Kurt Kamlah [um 1912].

*Die Geschichte mit Jerobeams Daumen.* In: Düsseldorfer Nachrichten [nach 1921].

*BEITRÄGE ÜBER H.H. SCHMITZ IN LEXIKA/HANDBÜCHERN*

Anonym: *Hermann Harry Schmitz.* In: Brockhaus Enzyklopädie, Wiesbaden [: Brockhaus], $^{17}$1976, Bd. 23, S. 480.

Brand, Guido K.: Werden und Wandlung. Eine Geschichte der deutschen Literatur von 1880 bis heute. Berlin [: Kurt Wolff], 1933, S. 221–222.

D.K. [d.i. Dieter Krywalski]: *Hermann Harry Schmitz.* In: Knaurs Lexikon der Weltliteratur. München/Zürich [: Knaur], 1979, S. 666–667.

Matzigkeit, Michael: *Schmitz, Hermann (Harry).* In: Literaturlexikon. Autoren und Werke in deutscher Sprache. Hrsg. von Walter Killy. München [: Bertelsmann Lexikon Verlag], 1991, Bd. 10, S. 322.

Rottensteiner, Franz: *Hermann Harry Schmitz (Deutschland) 1880–1913.* In: Bibliographisches Lexikon der utopisch-phantastischen Literatur. Hrsg. von Joachim Körber. Meitingen [: Corian – Verlag Heinrich Wimmer], 17. Ergänzungslieferung März 1989, (Hermann Harry Schmitz – Biographie) S. 1 – 5.

M.S. [d.i. Michael Schulte]: *Hermann Harry Schmitz*. In: Literaturlexikon 20. Jahrhundert. Hrsg. von Helmut Olles. Reinbek b. Hamburg [: Rowohlt], 1971, Bd. 3, S. 709.

Einbandzeichnung von Emil Preetorius zur Ausgabe von 1911 und 1943